AF398829

ANKE ROTTMANN

Gesucht:
Hilal E.

moderne *zeiten*

© **moderne** *zeiten* 2001
Umschlaggestaltung: Monika van der Meulen
Herstellung: Books on Demand ™, Norderstedt
Printed in Germany
ISBN 3-933853-33-8

Inhalt

Vorwort

Ein Mensch verschwindet spurlos. Was bleibt, ist eine Vermisstenanzeige bei der Polizei, ein Aktenzeichen bei der Staatsanwaltschaft. Und die Familie mit ihren Fragen. Was ist passiert? Wann? Wo? Und immer wieder: Warum?

Manchmal ist die Antwort einfach – auch wenn kaum jemand sie versteht. Manche Menschen gehen freiwillig. Der Familienvater, der sich mit „ich geh' mal kurz Zigaretten holen …" verabschiedet und nie wiederkommt. Die Mutter, die morgens noch die Kinder zur Schule bringt und nicht dann nicht zurück nach Hause geht. Die jugendliche Tochter oder der halbwüchsige Sohn, die einfach ein paar Sachen in die Sporttasche packt und die Welt erkunden will. Sie verschwinden, meist ohne ein Wort der Erklärung. Weil sie nicht erklären wollen - oder es nicht können. Weil sie sich nur etwas wünschen: ein neues Leben. Da stören alte Fragen.

Es mag wie das Drehbuch zu einem schlechten Film klingen. Aber es geschieht häufiger, als man glaubt. Und es gibt weder Geschlechter- noch Altersgrenzen. Sie gehen, weil das Leben ein Abenteuer ist. Und sie wollen dabei sein. Oder weil die große Liebe wartet. Weil sie schlechte Noten in der Schule haben. Weil es Streit mit den Eltern gab. Es gibt tausend Gründe, warum Menschen aus ihrer vertrauten Umgebung ausbrechen. Jährlich verschwinden rund 30 000 Kinder in Deutschland. Die meisten werden sehr schnell von der Polizei aufgegriffen. Bei Freunden, bei Nachbarn. Oder in der nächsten Großstadt. Doch es gibt auch welche, die

*spurlos verschwinden. Doch sie taten das meist nicht
freiwillig.*

*Seike Sörensen aus Drelsdorf bei Husum (Nordfriesland)
ist gerade 11 Jahre alt, als sie sich nachmittags mit dem
Fahrrad von ihrer Großmutter zurück auf den Heimweg
macht. Nur wenige Kilometer muss das Mädchen radeln.
Aber sie kommt nicht an. Die Familie sucht sie. Das
einzige, was sie findet, ist Seikes Kinderfahrrad am
Straßenrand.*

*Das war im August 1993. Seike Sörensen wurde nie
wieder gesehen.*

*Oder Hilal Ercan. Sie war ist zehn, als ihre Eltern sie am
27. Januar 1999 zum letzten Mal sehen. Sie will sich nur
kurz etwas im nahen Einkaufszentrum kaufen. Ein Weg
von zwei Minuten. Am hellichten Tag, mitten in
Hamburg. Sie kehrt nicht zurück.*

*Die Vermisstenanzeigen bei der Polizei sind immer nur
der Anfang. Es folgen lange Ermittlungen. Sonderkommissionen werden gegründet. Hundertschaften der
Polizei durchsuchen Waldgebiete, Parkgelände,
Friedhöfe. Alleine der „Fall Hilal" füllt 32 Aktenordner.
Alle Hinweise sind akribisch aufgeführt. Dieses Buch
beschreibt die Suche nach dem zehnjährigen Mädchen –
die Wege der Polizei ging, ihre Möglichkeiten, die Hilfe
eines ganzen Stadtteils.*

*Die Familien von Seike und Hilal müssen bis heute damit
leben, dass ihre Fragen unbeantwortet bleiben. Trotz
Monate langer Ermittlungen der Polizei können die
Beamten nur vermuten. Sie können bestimmte Thesen
ausschliessen. Aber die alles erklärende Antwort haben
auch sie nicht. Den Familien bleibt Ungewissheit, Ver-
zweiflung. Und nicht enden wollende Trauer. Solange die
Schicksale ihrer Kinder nicht restlos aufgeklärt sind,*

*keimt immer noch ein Fünkchen Hoffnung. Mit dem Tod
selbst eines geliebten Kindes lernt der Mensch
irgendwann umzugehen. Mit der verzweifelten Hoffnung
nicht. Manche Eltern zerbrechen daran, wie die von
Seike Sörensen. Manche rücken noch enger zusammen,
wie die von Hilal Ercan. Es gibt kein Patentrezept für die
Zurückgebliebenen.*

*Auch wenn die Sonderkommissionen irgendwann
aufgelöst werden, die Akten bei der Polizei vergilben –
geschlossen werden sie nicht. Wenn irgendwo in
Deutschland ein anderes Kind verschwindet, werden die
Berichte wieder hervor geholt. Dann wird geprüft, ob es
Ähnlichkeiten gibt, werden Vergleiche angestellt,
Zeugenausagen noch einmal überprüft. Und vielleicht
kann dann, Jahre später, der Fall doch noch geklärt
werden.*

*Dabei ist die Polizei bei ihrer Suche nach den Kindern
längst nicht mehr allein. Betroffene Eltern haben sich
zusammen getan. Sie suchen auf eigene Faust weiter
nach den Kindern. Manchmal gehen sie ungewöhnliche
Wege. So lässt eine Eltern-Initiative die Fotos der
vermissten Kindern auf Milchtüten drucken. Andere stellen die Bilder ins Internet. Wie der „Bundesverband
1. Deutscher Kinder- und Senioren-Notfall Dienst e.V."
(www.ksnd.de). Und die Kissdorfer Initiative „Vermißte
Kinder" (www.vermisste-kinder.de). Auf diesen Seiten ist
auch Hilals Foto.*

*Natürlich hat auch die Hamburger Polizei die
Vermisstenanzeige von Hilal ins Internet gestellt – unter
www.polizei.hamburg.de/lka/soko-mor/hilal.htm. Bis zum
Dezember 2000 klickten sich fast 8000 Menschen in die
Internet-Fahndung. Bisher gibt es keinen neuen Hinweis.
Dieses Buch ist Hilal und all den anderen Kindern*

gewidmet, die spurlos verschwinden. Und den Fahndern, Ermittlern, Psychologen und all den anderen, die an diesem und ähnlichen Fällen gearbeitet haben und noch immer arbeiten. Sie wollen keinen Dank. Aber auch an ihnen geht keines dieser Schicksale spurlos vorüber.

A. R., Hamburg, im Januar 2001

Ein Mittwoch im Januar

Mittwoch, 27. Januar 1999. Der Wetterdienst meldet für Hamburg vormittags starke Bewölkung, Regenschauer, 2 bis 3 Grad Celsius und schwachen Wind. Die Schlagzeilen in den Zeitungen der Hansestadt: „Bei ‚Wetten, dass ...' wird geschummelt", „Die Hamburger Buslinie 102 ist die am stärksten befahrene in ganz Europa", „Golf-Profi Tiger Woods engagiert Hamburger Promoter", „Heute gibt es Schul-Zeugnisse"

Im Schlafzimmer von Ayla und Kamil Ercan klingelt der Wecker. Es ist fünf Uhr. Die Stadt schläft noch. Leise steht Ayla auf. In der Wohnung herrscht völlige Stille. Die 32-Jährige hört nur das ruhige Atmen ihres schlafenden Mannes.

Ayla geht in die Küche, setzt für die Familie Kaffee auf. Bis er durchläuft, geht sie ins Wohnzimmer, setzt sich auf die Couch, zündet sich eine Zigarette an. Sie genießt diese Zeit am frühen Morgen. Es sind die einzigen ruhigen Momente des Tages. Wenn nachher ihre drei Kinder wach sind, wird sie keine Sekunde mehr für sich haben.

Ayla raucht zu Ende, geht zurück in die Küche, gießt sich eine Tasse Kaffee ein. Milch dazu, ein bisschen Zucker. Langsam trinkt sie den heißen Muntermacher. Irgendwie schmeckt er ihr heute nicht so richtig. Ayla fühlt sich nicht gut, war gestern beim Arzt. Er hat nichts gefunden. Sie wird den Tag schon überstehen. Wie immer.

Sie geht ins Badezimmer, macht sich fertig für den Tag. Im Schlafzimmer zieht sie sich leise an. Ihr Mann schläft noch immer tief. In der Küche schmiert Ayla die Schulbrote für die beiden Töchter Fatma, 9, und Hilal, 10. Mit einem Lächeln denkt sie an Abbas. Ihr Sohn meint, er sei schon „zu groß für Pausenbrote". Er ist doch schon zwölf, nimmt lieber ein paar Groschen mit, um in der Pause schnell was zu kaufen. Das machen alle seine Klassenkameraden so.

Leise geht Ayla ins Zimmer der Mädchen, holt die Schultaschen. Der Ranzen von Hilal liegt neben der Heizung auf dem Boden. „Wieder mal so schwer heute", denkt sie und packt die Brote in die Taschen, stellt sie in den Flur. Jetzt muss sie nur noch den Frühstückstisch decken. Es ist schon 6 Uhr.

Sie weckt sie ihren Mann. Kamil holt sich in der Küche eine Tasse Kaffe, geht auch ins Wohnzimmer. Ayla setzt sich zu ihm, raucht noch eine Zigarette. „Ich sollte wirklich aufhören", sagt sie. Die beiden hören, wie Kamils Mutter aufsteht. Meriyen Ercan hat bei ihnen übernachtet, weil sie am Vormittag im Krankenhaus einen Operations-Termin hat. Kamil will sie begleiten.

Um 6.30 Uhr verlassen Kamil und Ayla die Wohnung an der Spreestraße. Wie jeden Morgen fährt der 33-Jährige seine Frau zum Rondenbarg. Ayla arbeitet dort als Putzfrau.

Um 6.40 Uhr setzt Kamil seine Frau vor ihrer Firma ab. Er wendet den Wagen, fährt zurück zur Spreestraße.

In der Wohnung ist es jetzt mit der Ruhe vorbei. Die Oma hat gerade die Kinder geweckt. Wie jeden Morgen kabbeln sich die Mädchen mit ihrem Bruder. Wer zuerst ins Badezimmer darf. Wer wieder zu lange braucht zum Zähneputzen. Vor allem Hilal scheint an diesem Morgen zu trödeln. Sie kämmt sich ihr langes Haar sorgfältig. Normalerweise trägt sie es offen. Aber heute ist ein besonderer Tag. Es gibt Zeugnisse. Da möchte Hilal besonders gut aussehen. Gewissenhaft flechtet sie sich zwei Zöpfe, schlingt die roten Haarbänder um die Haare. Dann zieht sie ihre schwarze Jeans an, dazu einen orangefarbenden Pullover. Als der Vater in die Küche kommt, sitzen Fatma, Hilal und Abbas bereits am Früchstückstisch, essen Cornflakes. Es ist 7.08 Uhr.

22 Minuten später verlassen die Kinder die Wohnung. „Hilal, nimm den Schlüssel mit. Sonst kommt ihr nachher nicht rein. Ich bin doch im Krankenhaus", ruft Kamil Ercan noch. Vor der Haustür verabschiedet sich Abbas von seinen Schwestern. Er muss seinen Bus bekommen. Hilal und Fatma gehen zur Fritjof-Nansen-Schule am Fahrenort. Es sind bis dort nur ein paar Minuten zu Fuß. Auf dem Schulhof trennen sich die Mädchen. Hilal geht zum Klassenzimmer der 4a. Dort setzt sie sich neben ihre Klassenkameradin. Hilal ist das einzige Mädchen in der Klasse, das nur neben Mädchen sitzt. Die Zehnjährige hält immer Abstand zu den gleichaltrigen Jungen. Sogar in ihrem Zeugnis steht „Jungen gehst du lieber aus dem Weg".

Während die Mädchen in der Schule sind, fahren ihr Vater mit der Oma zum Krankenhaus. Doch der OP-Termin, für 11 Uhr geplant, hat sich verschoben. Nervös geht Kamil Ercan den Gang entlang. Er ist so unruhig, dass es sogar den Krankenschwestern auffällt. Immer wieder sieht Kamil Ercan auf seine Uhr. „Ich hatte den ganzen Tag bereits ein schlechtes Gefühl. Ich war kribbelig, hektisch, wußte aber nicht warum", erinnert er sich später. Eigentlich wollte er warten, bis seine Mutter operiert worden ist. Doch plötzlich beschließt er, zur Schule der Töchter zu fahren. Er verabschiedet sich von seiner Mutter, fährt los.

In diesem Moment, in der vierten Stunde, gibt es an der Grundschule Zeugnisse. „Liebe Hilal, du hast in diesem Halbjahr lebhaft und interessiert am Unterricht teilge-

nommen. Da konntest Du auch erfreuliche Fortschritte erzielen", hat die Klassenlehrerin geschrieben. „Deine schriftlichen Arbeiten erledigst du zügig und zuverlässig. Bei den Hausaufgaben bist du fleißig."
Die Stunde ist zu Ende, Hilal läuft nach draußen. Mit ihrer Schwester stürmt sie auf ihren Vater zu. „Papa, ich habe beim Schwimmen das Seepferden geschafft", ruft sie ihm schon von weitem zu. Kamil Ercan sieht sich die Zeugnisse der Töchter an. Er ist sehr stolz auf Hilal: „Dafür hast du eine Belohnung verdient."
Zu dritt gehen sie zur Wohnung an der Spreestraße. Die Mädchen sind aufgeregt. Hilal hängt ihre Jacke schnell an die Garderobe. Sie hat nur einen kurzen Blick für ihren Wellensittich „Putschi", um den sie sich sonst mit viel Liebe kümmert. Sonst malt sie gerne in ihrem Zimmer oder liest in ihren Märchenbüchern. Dabei hört sie die Musik ihrer Lieblingsband, den „Spice Girls". Den Song „Mama" kann sie schon fast auswendig, so oft hat sie ihn bereits gehört. Mit ihrer Schwester Fatma sammelt sie alle Berichte über die englische Mädchenband. Vor allem Fotos von ihrem Liebling Garry Halliwell schneidet Hilal aus, klebt sie sorgfältig in ein Album. Aber an diesem Mittwoch wirft Hilal nur schnell ihren Ranzen hinter die Tür vom Kinderzimmer. Dann läuft sie in die Küche, holt sich die versprochene Mark aus der Schublade.
Kamil Ercan hat sich inzwischen im Wohnzimmer auf die Couch gelegt. „Ich war plötzlich fürchterlich müde." Hilal läuft zu ihm, gibt ihm ein Küsschen. „Ich kaufe mir jetzt wieder Hubba Bubba im Einkaufszentrum", sagt sie fröhlich. Sie zieht ihre schwarz-gemusterte Jacke an, die schwarzen Schuhe mit Plateausohlen. Gemeinsam mit Fatma verlässt sie die Wohnung. „Wir sind zusammen

runter gegangen. Meine Lehrerin hatte mir nämlich einen Brief für eine Klassenkameradin mitgegeben, die bei uns im Haus wohnt", erinnert sich Fatma. Die Neunjährige wirft das Schreiben in den Briefkasten. „Komm doch mit," bittet Hilal. „Nö, ich geh wieder nach oben. Bis gleich", ruft Fatma. Es ist etwa 13.15 Uhr.

Bis zum Einkaufszentrum sind es nicht mal 100 Schritte. Hilal verlässt das Hochhaus, läuft nach rechts zur Ampel. Dann wieder nach links, über den Parkplatz, vorbei an der Sparkasse, dem Gemüsegeschäft, dem Foto-Laden. Im Spar-Markt kauft sie sich eine Packung „Hubba Bubba"-Kaugummi für eine Mark. Später erinnert sich dort niemand an das fröhliche Mädchen, es kommen soviele Kinder den Tag über.

In diesem Moment ist ihre Schwester Fatma wieder in der Wohnung im siebten Stock. Sie stellt den Fernseher an und dreht den Ton leise. „Papa schlief noch auf der Couch."

Hilal ist inzwischen wieder auf dem Nachhauseweg. Vor dem Gemüseladen sortiert Kader Yildirim seine Ware. „Ich sah, wie sie zum Parkplatz ging. Sie sah so fröhlich aus." Als Hilal um die Ecke biegt, ist sie für ihn außer Sichtweite. 13.25 Uhr.

In der Wohnung: Kamil Ercan schläft tief. Nur leise brabbelt der Fernseher, Fatma schaut Zeichentrickfilme. Nach einer Weile wird Kamil Ercan wach. Er fragt seine jüngste Tochter. „Wo ist Hilal?" Fatma zuckte mit den Schultern: „Weiß nicht." Der Vater steht auf, schaut kurz auf die Uhr: 14.30 Uhr.

Kurz danach fuhr der Vater mit seiner Tochter Fatma zum Rondenbarg, seine Frau von der Arbeit abholen. Hilal wird eine Freundin getroffen haben. Ayla schiebt ihre Stechkarte in den Zeitautomaten. 15.30 Uhr.

Ayla steigt in den Wagen: „Wo ist Hilal?" Kamil sagt: „Weiß nicht. Sie wollte kurz ins Einkaufszentrum." Ayla reagiert sauer: „Wie kannst du dann wegfahren? Wenn sie jetzt nach Hause kommt, ist doch keiner da." Kamil Ercan versucht, seine Frau zu beruhigen: „Sie hat doch einen Schlüssel mit." Auch Kamil ist jetzt wütend: „Wenn sie nach Hause kommt, gibt es Ärger. Sie hat gesagt, sie wolle nur schnell was kaufen. Sie hat nicht erzählt, dass sie zu einer Freundin geht."

Zu Hause ist Kamil der Erste an der Wohnungstür. Er schließt auf, ruft: „Hilal? Bist du da?" Keine Antwort. Ayla läuft über den Hausflur zum Treppenhausfenster. Von dort kann sie auf die Spreestraße sehen, auf das Einkaufszentrum. Dort stand sie schon tausendmal. Immer wenn die Kinder vom Einkaufen nicht sofort wieder zurück kommen, geht sie zu diesem kleinen Fenster und hält Ausschau. Sucht nach ihren Töchtern. Und folgt, wenn sie die Mädchen entdeckt hat, ihnen mit den Blicken, bis sie im Haus verschwinden. Diesmal fand sie Hilal nicht.

„In diesem Moment wußte ich, dass etwas passiert war. Hilal war noch nie lange weggeblieben", sagt Ayla heute. In der Wohnung ruft Kamil Ercan bereits Hilals Freundin an: „Ist meine Tochter bei euch?" Doch das Mädchen hat Hilal seit der Schule nicht mehr gesehen. Ayla klingelt bei der Nachbarin: „Ist Hilal bei dir? Hat sie bei dir geklingelt, weil bei uns niemand war?" Doch auch die Nachbarin schüttelt den Kopf.

Fatma läuft inzwischen zu den anderen Nachbarn, mit denen die Familie in dem Hochhaus Kontakt hat. Doch niemand hat Hilal gesehen. Kamil geht ins Einkaufszentrum. Fragt im Spar-Laden nach seiner Tochter. Fragt den

Gemüsehändler. Kader Yildirim nickt: „Ich hab sie gesehen. Aber das ist doch schon lange her."

In der Wohnung wird Ayla immer nervöser: „Ich hatte nur die Hoffnung, dass sie vielleicht Verwandte getroffen hat und mit zu ihnen gefahren ist." Sie ruft alle an, die in Frage kommen: ihre Mutter, die Schwiegereltern, Schwager, Schwägerin. Alle sind erschrocken, wissen aber nichts, haben Hilal nicht gesehen. „Das war das Schlimmste. Jeder hatte gleich so ein seltsames Gefühl. Und ich wußte genau, dass Hilal nicht ohne ein Wort zu anderen Leuten geht. Sie sagt immer Bescheid", sagt Ayla. Mit ihrem Mann und Fatma läuft sie raus auf die Straße. Die Familie sucht die nahen Spielpätze ab. „Vor dieser Situation habe ich immer Angst gehabt. Deshalb habe ich den Mädchen immer gesagt, wo sie draussen spielen dürfen. Sie sollten immer in der Nähe bleiben. Damit ich sie von der Wohnung aus sehen konnte. Ich habe so oft oben am Fenster vom Kinderzimmer gestanden und nach unten gesehen." Hilal kennt die Sorgen der Mutter. Und sie hält sich immer fest an Absprachen. „Wenn es dunkel wird, muss sie sofort hochkommen." Und jetzt wird es langsam dunkel. Doch Hilal kommt nicht nach Hause.

Ayla heute: „Ich hoffte immer noch, sie sei vielleicht doch bei einer Klassenkameradin. Das war mein Strohhalm, an den ich mit klammerte. Sie geht wieder nach oben in die Wohnung, ruft die Lehrerin an, noch einmal die Klassenkameradinnen. Ohne Erfolg.

Ayla Ercan hat eine Idee: Sie sucht ein Foto von Hilal raus. Ihr Mann nimmt es mit nach unten. Auf der Straße spricht er jeden an, den er trifft, auch Fremde. Er zeigt das Foto seiner Tochter: „Manche haben nicht einmal einen Blick auf das Bild geworfen, sind einfach an mir vorbei gegangen."

Mit Fatma an der Hand läuft er immer wieder die Straßen rund um das Hochhaus ab. Oben in der Wohnung wartet Ayla. Es klingelt. Sie zuckt zusammen, stürzt in den Flur, reißt die Wohnungstür auf. Aber es ist nicht Hilal. Die ersten Verwandten sind da, wollen helfen. Die Männer gehen nach kurzer Besprechung wieder nach unten und suchen. Die Frauen bleiben bei Ayla, versuchen, sie zu beruhigen. Doch Hilals Mutter wird immer nervöser. „Ich habe ihr immer gesagt: ‚Sprich nie mit Fremden. Du bist doch jetzt schon groß und weißt, dass du niemals von Unbekannten Süßigkeiten oder Geld annehmen darfst. Und wenn jemand etwas von dir will, schreist du ganz laut und läuft weg, so schnell du kannst.' Und sie hat immer genickt und gesagt: ‚Das weiß ich doch alles, Mama.'" Und die Mutter weiß, dass Hilal wenig Freundinnen hat. Das Mädchen fühlt sich bei ihrer Familie am wohlsten. Spielt am liebsten mit der Schwester, den Cousinen. „Trotzdem lächelt sie jeden immer freundlich an. Wir hatten uns erst kurz vorher gestritten. Da hatte ein Mann sie angesprochen, nach dem Weg gefragt. Hilal half ihm. Ich habe danach fürchterlich mit ihr geschimpft. Wie kannst Du das tun, habe ich sie gefragt. Sprich nicht mit Fremden. Mein Mann versuchte dann, mich zu beruhigen, sagte: Lass sie doch. Aber ich wollte doch nur, dass Hilal nichts passiert."
Immer wieder klingelt es an der Wohnungstür, immer mehr Verwandte kommen. Doch niemand hat eine Idee, wo Hilal sein könnte. Draussen wird es immer dunkler. Der Vater läuft immer noch die Straßen ab. Manchen Spielplatz hat er schon viermal abgesucht. Die einzigen, die er jetzt noch trifft, sind die Verwandten, die ihm helfen.

In der Wohnung sind mittlerweile viele Menschen. Sie reden auf einenander ein, versuchen, sich gegenseitig zu beruhigen. Dann geht eine Nachbarin zum Telefon, ruft die Polizei an: „Kommen Sie schnell. Hilal ist verschwunden. Sie ist erst zehn." Es ist kurz vor 17 Uhr.

Protokoll einer Suche

Mittwoch, 27. Januar 1999

Der Notruf der Nachbarin läuft bei der Zentrale im Polizeipräsidium am Berliner Tor auf. Der Beamte, der den Anruf entgegen nimmt, tippt alle wichtigen Angaben in den Computer ein. Sekunden später holt sich sein Kollege, der „Michel-Sprecher", den Einsatz auf den Bildschirm. Er verteilt an diesem Tag die Einsätze für die Polizeireviere in Hamburgs Westen. Einen Knopfdruck später erscheint die zuständige Wache mit den einsatzbereiten Streifenwagen auf dem Bildschirm. Über Funk gibt der Beamte den Einsatz an die Wache 25 heraus. „Peter 25/3 fährt den Einsatz", bestätigen die Kollegen.
Kurz danach hält der Streifenwagen vor dem Hochhaus an der Spreestraße. Die beiden Polizisten nehmen die Vermisstenanzeige der Eltern auf. Über Funk melden sie bei ihrer Wache: „Das Mädchen ist seit Mittag verschwunden." Sofort fährt der nächste Streifenwagen los: „Peter 25/1", der Wagen des Revier-Einsatzführers. Als der Wagen an der Spreestraße ankommt, meldet er sich über Funk: „Peter 25/1 verlässt vor Ort." Es ist 17.05 Uhr, als die Beamten aussteigen.
Die Beamten sprechen kurz mit der Familie. „Vielleicht ist ihre Tochter bei einer Freundin?" Doch Ayla und Kamil wissen es besser: „Wir haben schon überall angerufen. Hilal ist nirgendwo aufgetaucht." Die Polizisten lassen sich ein Foto der Zehnjährigen geben. Über Funk fordern sie Unterstützung an: „Wir müssen hier suchen." Im Präsidium gibt der Michel-Sprecher dem Einsatz „höchste Priorität". Auf seinem Bildschirm erschei-

nen alle Streifenwagen, die in Hamburg in diesem Moment keinen Einsatz fahren. Über Funk schickt er seine Kollegen zur Spreestraße. Elf Autos machen sich auf den Weg.
Vor Ort teilt der Revier-Einsatzführer seine Kollegen ein. Rund 30 Beamte sind jetzt vor Ort. Polizisten durchsuchen das gesamte Hochhaus, in dem Hilal mit ihren Eltern wohnt – vom Keller bis zum Dachboden. Die Kollegen überprüfen alle angrenzenden Spielplätze und Parkanlagen, leuchten mit ihren Taschenlampen die Gebüsche ab. Ein Streifenwagen fährt zur Schule, die Polizisten laufen den gesamten Schulhof ab. Kollegen gehen durch das Einkaufszentrum, sprechen mit allen Geschäftsleuten, notieren sich die Namen der Menschen, die sich an Hilal erinnern können. Im Präsidium wird der Polizeifunk zusammengeschlossen: die erste hamburgweite Fahndung nach Hilal läuft. „Vermisst wird seit 13 Uhr die zehnjährige Hilal Ercan. Sie war auf dem Weg von der Spreestraße zum Einkaufszentrum, ist auf dem Rückweg verschwunden. Hilal ist etwa 145 Zentimeter groß, hat lange schwarze Haare. Sie trägt eine schwarze Hose, eine gemusterte Jacke, schwarze Schuhe mit Plateausohlen.“ 17.15 Uhr.
In der Wohnung der Eltern fragen Polizisten noch einmal nach Hilals Freundinnen. „Das Mädchen hat keine Kontaktadresse“, geben sie über Funk weiter. Ihre Kollegen überprüfen zu dieser Zeit die Nachbarhäuser, dehnen die Suche auf die angrenzenden Straßen aus. Sogar auf dem Friefhof Altona sind die Beamten unterwegs. Und immer wieder melden sie über Funk: „Wir haben unsere Straße überprüft – negativ.“
Im Präsidium gibt der Michel-Sprecher die Fahndung nach Hilal telefonisch an den Bundesgrenzschutz, den

Hamburger Verkehrsverbund und Hamburgs Taxizentralen weiter. Jetzt suchen nicht nur alle Polizisten der Stadt nach Hilal. Auch Bus- und Bahnfahrer wissen Bescheid. Der Kriminaldauerdienst wird informiert. Ein Kripo-Beamter setzt sich in seinen Zivilwagen, fährt Richtung Spreestraße. Vor dem Hochhaus steigt er aus. 18.55 Uhr. Wieder erzählen die Eltern, wann sie Hilal zum letzten Mal gesehen haben. Der Kripo-Mann lässt sich eine Klassenliste der Zehnjährigen geben, schreibt sich die Telefonnummer der Lehrerin auf. Zurück im Präsidium ruft er sie sofort an. Die Lehrerin bestätigt: „Hilal ist keine Stromerin, hat außerhalb der Schulzeit nur sehr wenig Kontakt zu ihren Klassenkameradinnen." Jetzt wird die Suche nach Hilal als Öffentlichkeitsfahndung an die lokalen Rundfunkstationen gegeben. Der Kinder- und Jugendnotdienst wird informiert – falls Hilal irgendwo aufgegriffen wird. Per Fernschreiben bekommen alle Polizeistationen in Deutschland eine Beschreibung von Hilal. Polizisten fragen die Krankenhäuser, ob ein unbekanntes Mädchen eingeliefert wurde. Der Bereitschaftsdienst vom LKA 417, zuständig für Vermisstenfälle, wird informiert.
In der Wohnung an der Spreestraße kann in dieser Nacht niemand schlafen. Immer wieder geht die Familie von Hilal auf der Straße. Alles ist besser als dieses verzweifelte Warten in der Wohnung. Stunde um Stunde vergehen. Doch Hilal bleibt verschwunden.

Donnerstag, 28. Januar 1999

Die Vermisstenanzeige wird an das zuständige Kriminalkommissariat der Wache 25 weitergegeben. Morgens um

8.10 Uhr ruft ein Beamter erneut bei der Lehrerin an. Sie erzählt ihm, dass Hilal mit ihrem Zeugnis zufrieden war. Und dass die Eltern auf ihre Tochter und ihre Leistungen in der Schule stolz sind. Die Lehrerin beschreibt Hilal als sehr brav, fast schon gehorsam. Sie sei lieb und fleißig. Und die Lehrerin betont noch einmal, dass Hilal fast nur Kontakt zur Familie hat, hauptsächlich zu den Cousinen: „Hilal geht nicht mit fremden Männern."

Im Polizeipräsidium drucken die Kriminaltechniker vom Landeskriminalamt die ersten Fahndungsplakate. Um 9.30 Uhr ergab eine Nachfrage beim Kinder- und Jugendnotdienst, dass Hilal in der Nacht nicht aufgegriffen wurde. In der Kaserne an der Hindenburgstraße wird die Bereitschaftspolizei alarmiert, 30 Beamte zur Suche eingeteilt. Sie rücken zur Spreestraße aus. Noch einmal werden alle Straßen durchsucht, diesmal sogar der nahe Volkspark. Und wieder werden im Einkaufszentrum alle Geschäftsleute und Mitarbeiter befragt. Am Flughafen Fuhlsbüttel geht der Polizeihubschrauber „Libelle 1" in die Luft.

Im Polizeipräsidium wird das LKA 42, zuständig für Sittendelikte, informiert. Die Beamten prüfen, ob in der Nähe von Hilal einschlägig vorbestrafte Männer wohnen. Auch die Polizeipressestelle wird informiert. Die Mitarbeiter dort geben erneut eine Öffentlichkeitsfahndung raus. Auch ein Foto von Hilal wird für die Zeitungen und Fernsehen herausgegeben.

Freitag, 29. Januar 1999

Am Vormittag besucht die Polizei Familie Ercan wieder in deren Wohnung. Diesmal haben die Beamten einen türkischen Kollegen mitgebracht. Und wieder werden die Eltern befragt. Gab es Streit? Nein! Hatte Hilal Sorgen? Nein! War Hilal vielleicht verliebt? Nein!

Kurz darauf macht sich Ayla Ercan noch einmal auf die Suche, diesmal mit ihrer Tochter Fatma. Auf dem Parkplatz des Einkaufszentrums entdecken sie ein rotes Haarband. „Das gehört Hilal!" Sie geben es bei der Polizei ab. Im Labor können aber keine Spuren von Hilal daran gefunden werden.

Gegen Mittag sind wieder 50 Bereitschaftspolizisten im Einkaufszentrum unterwegs. Sie verteilen Fahndungsplakate an Kunden, suchen nach Hinweisen. Auch die Eltern haben ein Fahndungsplakat geschrieben. Hilals Onkel, Mithat Ercan, klebt es unter den Augen von Reportern an die Wände des Einkaufszentrums. Er gibt Interviews: „Die ganze Familie ist verzweifelt."

Alle Geschäftsleute heften die Fahndungsplakate der Polizei in ihre Schaufenster, viele kleben das Plakat der Familie daneben. Die Reporter klingeln bei den Eltern, sprechen mit Kamil Ercan, fotografieren die Eltern im Kinderzimmer. Auf dem Bett von Hilal liegt ihr Schmuse-Hase.

Am Nachmittag gehen bei der Polizei mehrere Hinweise auf den Gemüseladen im Einkaufszentrum ein: „Dort arbeitet ein Schlachter. Der hat in letzter Zeit häufig Süßigkeiten an Kinder verteilt." Eine vage Spur, doch die Beamten können sie nicht ignorieren. Sie fahren zum Einkaufszentrum, befragen den Besitzer des Gemüseladens. Schnell wird ihnen klar: Mit dem angeblichen Schlachter stimmt etwas nicht. Mehrere Kunden haben ihn genau beschrieben. Doch im Geschäft will ihn niemand genau kennen. Und da Hilal zuletzt auf dem Parkplatz in der Nähe des Lieferwagens des Gemüseladens gesehen wurde, alarmieren die Polizisten ihre Kollegen von der Kriminaltechnik. Die Spezialisten rücken an, suchen im Lieferwagen nach möglichen Spuren. Auf der Ladefläche finden sie eine pinkfarbende Perle. Sofort gehen Polizisten zu den Eltern. Doch Hilal hat keinen Schmuck mit solchen Perlen. Mittlerweile kleben die Kriminaltechniker den Lieferwagen auf der Suche nach Spuren ab: 206 so genannte Faserfolien werden genommen. Sie müssen später alle im Labor untersucht werden.

Am Nachmittag meldet sich eine Zeugin bei der Polizei. Sie hat die Aufrufe der Beamten in der Zeitung gelesen. Die Frau gibt zu Protokoll: Sie hat am Mittwoch gegen 13.35 Uhr auf dem Parkplatz ein Mädchen gesehen. Sie ging an der Hand eines Mannes zu einem dunklen Wagen, vermutlich einem älteren BMW. Und die Frau glaubt sich an Teile vom Kennzeichen erinnern zu können: Es sei ein Hamburger oder Lübecker Kennzeichen gewesen, dazu irgendwie eine vierstellige Zahl. Die erste gute Spur? Nur scheinbar. Denn wenn die Beamten sich jetzt mit voller Kraft auf diese Spur gestürzt hätten, wären alle Polizisten Hamburgs für Tage beschäftigt gewesen. Bei der Suche nach dem Auto hätten die Beamten alle Möglichkeiten prüfen müssen. Zum Beispiel dass es doch kein BMW war, sondern ein ähnlicher Wagen. Trotzdem setzen sich die Beamten hin und geben alle Alternativen in den Computer. Ergebnis: Mehr als 500 Namen von Autobesitzern. Jetzt alle diese Menschen befragen? Was, wenn jemand sein Auto verliehen hat? Die Zahl der Befragungen könnte ins Unermessliche steigen. Und je häufiger die Beamten bei der Zeugin nachfragen, desto ungenauer und unsicherer werden ihre Angaben.

Und doch schätzen die Polizisten diese Frau: Sie hat richtig gehandelt. Sie hat eine scheinbare Alltags-Situation erlebt, auf die niemand besonders achtet. Und doch hat sie reagiert, nachdem sie die erste Meldung in den Zeitungen gelesen hatte. Sie wusste, dass sie nicht besonders viel sagen konnte – und fand trotzdem den Mut, zur Polizei zu gehen. Und es hätte der entscheidende Hinweis sein können.

Und so legen die Beamten die Namensliste erst einmal zur Seite. Sie hätte zu viele Beamte gebunden. Später geht ein Ermittler dann doch allen Namen durch. Und kann die Liste auf 22 zusammenstreichen. Alle haben ein Alibi.

Das erste Wochenende

Die Beamten rechnen mittlerweile mit dem Schlimmsten. „Wir hoffen zwar noch auf ein glückliches Ende. Aber wir können ein Verbrechen nicht mehr ausschließen", sagt Polizeisprecher Hans-Jürgen Petersen. Und auch im Stadtteil geht die Angst um. Besorgte Mütter lassen ihre Kinder nicht mehr unbeaufsichtig draußen spielen.

Ayla und Kamil Ercan trauen sich mittlerweile kaum noch aus der Wohnung. Wenn das Telefon läutet, zucken sie zusammen. „Ich hatte immer Angst, dass jemand sagen wird: Wir haben Hilal gefunden", sagt Ayla Ercan heute. „Und wenn es an der Tür klingelte, hoffte ich, Hilal käme herein. Dann hätte sich gelacht und mich umarmt." Doch vor der Tür stehen nur die Verwandten, die jeden Tag kommen. Die immer wieder die Gegend rund um das Hochhaus absuchen. Die sich um Hilals Geschwister kümmern. Und die versuchen, die Eltern ein bisschen zu beruhigen. Auch fremde Menschen rufen bei der Familie an. Sie wollen einfach nur sagen, dass sie an die Eltern denken, dass sie mitfühlen.

Die Eltern haben nicht mehr geschlafen, seitdem ihre Tochter verschwand. Sie sind verzweifelt. Und können nicht verstehen, dass niemand etwas gesehen hat. „Es war mitten in der Woche, am hellichten Tag. Da waren doch viele einkaufen, fuhren auf den Parkplatz oder hatten Mittagspause. Es kann doch nicht sein, dass keiner etwas bemerkt hat", sagt Kamil Ercan immer wieder. Und hofft, dass sich endlich ein Zeuge meldet.

Montag, 1. Februar 1999

Wieder sind Polizisten bei der Familie. Unter den Augen der Eltern sammelen sie Spuren. Sie nehmen die Haarbürste und Zahnbürste von Hilal mit, um im Labor eine DNA-Analyse zu nehmen. Sie sagen es nicht den Eltern, aber die Analyse dient einzig der Identifizierung von Hilals Leiche. Wenn sie denn gefunden wird. Die Beamten suchen auch in der ganzen Wohnung nach Fingerabdrücken von Hilal. Damit sie vielleicht irgendwann einmal, wenn sie eine Spur haben, den Beweis erbringen können: Ja, Hilal war in diesem Auto, in dieser Wohnung.

Auch die ganze Familie, Eltern, Geschwister, Omas, Tanten, Cousinen, muss sich Fingerabdrücke nehmen lassen. Nur so kann im Labor zweifelsfrei nachgewiesen werden, welche Abdrücke zu Hilal gehören. Am Ende ist das Ergebnis frustrierend: Es gibt keinen einzigen vernünftigen Fingerabdruck von Hilal. Zu oft hat die Familie seit dem Tag ihres Verschwindens alle Gegenstände in der Wohnung berührt.

Zeitgleich tragen Kripo-Beamte Informationen über die gesamte Familie Hilals zusammen. Über das Einwohnermeldeamt und Aussagen der Eltern wird eine Liste aller in Hamburg lebenden Verwandten erstellt. Und auch die anderen – über ganz Deutschland verteilten – Familienmitglieder werden ausfindig gemacht.

Dienstag, 2. Februar 1999

Noch einmal fahren Polizisten zu Hilals Schule. Der Verkehrslehrer spricht mit Lehrern und Mitschülern. Auch Nachbarn werden befragt – für die so genannte Opferbild-Erstellung. Die Beamten wollen wissen, was Hilal mag, was nicht. Sie erfahren von allen, dass Hilal in erster Linie als schüchtern bezeichnet wird. Und als unglaublich hilfsbereit. Die Zehnjährige träumt davon, Ärztin zu werden – weil sie so anderen Menschen helfen kann.

Bei der Polizei sind erst 25 Hinweise eingegangen. „Eine heiße Spur ist noch nicht dabei", erklärt ein Polizeisprecher. „Wir klammern uns an jeden Strohhalm und gehen jedem Hinweis nach – mag er auch noch abwegig sein."

Im Einkaufszentrum gibt es inzwischen nur noch ein Thema: Das verschwundene Mädchen. „Manchmal kommen die Kunden nicht rein, um etwas zu kaufen", sagte Güler Yildiz, Inhaberin des Gemüseladens. „Sie fragen nur, ob es etwas Neues über Hilal gibt." Die Geschäftsleute beschließen: Wir setzen 3000 Mark Belohnung aus. „Vielleicht können wir einige mit Geld überzeugen, endlich Hinweise zu geben", sagt der Fahrradhändler.

Hilal ist jetzt seit einer Woche verschwunden.

Mittwoch, 3. Februar 1999

Polizisten befragen die Mitarbeiter des „Spar"-Ladens. Zum wievielten Mal eigentlich? Hier hat Hilal vor einer Woche die Kaugummis gekauft. Doch im Supermarkt kann sich niemand an die Zehnjährige erinnern. Und so wissen die Polizisten noch immer nicht, um welche Uhrzeit Hilal in dem Geschäft war. Dass sie wirklich dort war – da waren sich die Beamten sicher. Andere Zeugen hatten Hilal gesehen, wie sie ins das Geschäft ging, wie sie wieder heraus kam.
In der Wohnung der Eltern will ein türkischer Polizei-Angestellter noch einmal mit den Eltern sprechen. Doch Ayla und Kamil Ercan sind viel zu aufgebracht. Denn an diesem Tag hat eine türkische Zeitung groß über das Verschwinden von Hilal berichtet – und dazu Fotos von einem anderen Mädchen gedruckt. „Wie kann das passieren?" will Hilals Vater wissen. „Wir haben mit allen Journalisten gesprochen, jeder konnte die Bilder von Hilal abfotografieren. Und jetzt zeigen sie die falschen. Warum wollen sie uns nicht helfen?" Niemand kann es ihm erklären. Auch die Redakteure der türkischen Zeitung nicht.
Die Hamburger Tageszeitungen drucken einen offenen Brief des Vaters ab. Darin appelliert Kamil Ercan an den möglichen Entführer seiner Tochter: „Es ist, als wenn ein Stück Fleisch von mir zerrissen ist. Wenn sie nicht mehr lebt, möchte ich wenigstens die Leiche haben. Damit ich meine Tochter in Frieden begraben kann."
Dieser gefühlsbetonte Appell hat Folgen. Um 17.15 Uhr wählt ein Mann die Nummer 0172/4474106. Sekunden später klingelt das Handy von Hilals Onkel. „Ich kann ihnen was zum Verschwinden von Hilal sagen...", hört er

eine Männerstimme sagen. Der Unbekannte will sich um 17.30 Uhr mit der Familie an der U-Bahnstation Christuskirche treffen. „Das schaffen wir nicht, geben sie uns mehr Zeit", fleht der Onkel. „Gut, dann um 17.45 Uhr." Dann wird das Gespräch unterbrochen. Kamil Ercan verlässt sofort die Wohnung, rast mit dem Wagen zur Christuskirche. Dort gibt es nur einen Eingang zur U-Bahn. Nervös läuft der Vater auf und ab, rennt die Treppen zu den Bahnsteigen herunter und wieder rauf. Er raucht eine Zigarette nach der nächsten. Doch niemand spricht ihn an. Niemand sieht ihn an. „Ich habe am ganzen Körper gezittert, so viele Hoffnungen hatte ich in dem Moment", erinnert sich Kamil Ercan. Für wenige Momente glaubt er sogar, dass er Hilal wieder mit nach Hause bringen könnte. Noch heute ist er überzeugt: „Der Anrufer hätte mir sagen können, was mit Hilal geschah. Das war kein Spinner, keiner, der uns einfach nur quälen wollte. Wer immer damals angerufen hat – er hätte uns helfen können. Wir hätten das Schicksal meiner Tochter klären können." Nach fast einer Stunde gibt Kamil Ercan auf. Er fährt zurück nach Lurup, verzweifelter als vorher. „In diesem Moment habe ich zum ersten Mal diese grenzenlose Hoffnungslosigkeit gespürt."

Donnerstag, 4. Februar 1999

Bei der Polizei meldet sich eine Zeugin. Sie hat in einem Geschäft ein Gespräch von zwei Frauen gehört. Danach kennen die beiden Frauen die Familie Ercan. Und sie wissen angeblich, dass Hilal gar nicht die Tochter von Kamil ist. Die Zeugin kann die beiden Frauen genau beschreiben. Und hat noch einen wichtigen Hinweis für die Fahnder: Eine der beiden arbeitet in dem Laden, in dem das Gespräch stattgefunden hat.

Die Aussage wird zu Protokoll genommen. Dann fahren sofort zwei Beamte zu dem Geschäft. Sie treffen eine junge Türkin, die die Aussage der Zeugin bestätigt. Eine Verwandte von ihr kenne die Familie der vermissten Hilal sehr gut. Sie hätte in der Zeitung ein Foto von Hilals Vater gesehen. „Das ist doch gar nicht ihr Vater", hätte die Verwandte gesagt. Die Beamten notieren Namen und Adresse der Verwandten, informieren ihre Kollegen. Sie fahren dann sofort zu der Verwandten. Auf ihr Klingeln öffnet niemand. Eine Nachbarin erzählt den Beamten, dass die Familie immer erst am Nachmittag nach Hause kommt.

Während die beiden Polizisten zurück zur Wache fahren, gehen ihre Kollegen noch einmal die anderen Zeugenaussagen über die Familie von Hilal durch. Da hat jemand ausgesagt, die Eltern hätten sich trennen wollen. Der Vater wohne schon nicht mehr bei der Familie. Und sie finden heraus, dass Hilal im Pass des Vaters eingetragen ist. Kamil hätte sie also leicht in die Türkei bringen können. Rein theoretisch. Oder hat die Mutter das Mädchen vielleicht unter falschem Namen zu Verwandten in die Heimat geschickt? Eben weil die Trennung bevorstand?

Ein Beamter fährt zum Flughafen Fuhlsbüttel. Dort erfährt er, dass von Hamburg fünf türkische Fluglinien starten. Dass alleine zwischen Mittwoch und Sonntag 57 Flüge von Hamburg nach Istanbul gehen. Dazu zehn Flüge nach Antalya und einer nach Izmir. Und das sind nur die Direktflüge. Wenn nun jemand mit Hilal erst nach Frankfurt geflogen ist und von dort weiter in die Türkei? Oder erst nach London? Paris? Die Polizisten hätten keine Chance. Und so konzentrieren sie sich auf die 68 Direktflüge in die Türkei. Sie lassen sich alle Passagierlisten geben, überprüfen Namen, Altersangaben.

Freitag, 5. Februar 1999

Wieder meldet sich eine Zeugin bei der Polizei. Sie könne sich genau an den Mittwoch erinnern, erklärt die Frau. Sie habe Hilal gesehen, auf dem Parkplatz vor dem Einkaufszentrum. Das Mädchen habe sich mit zwei Männern gestritten. Die Männer hätten mit Hilal nach Hannover fahren wollen. Doch die Zehnjährige habe laut „Nein" gesagt. Dann habe einer der Männer vorgeschlagen, erst einmal zu einem Jugoslawen an der Kieler Straße zu fahren. Damit sei Hilal einverstanden gewesen und dann mit den beiden Männern weggegangen.
Die Beamten sind wie elektrisiert. Ist das endlich die ersehnte heiße Spur? Doch dann erzählt die Zeugin weiter: Passiert sei dies alles zwischen 15.30 und 15.45 Uhr, da sei sie sich absolut sicher. Und die Beamten wissen: Falscher Alarm. Zu dieser Zeit war Hilal mit Sicherheit überall – nur nicht auf dem Parkplatz der Elbgaupassagen.
Denn gerade erst haben die Ermittler einen Tagesablauf-Plan aufgestellt. Anhand von allen vorhandenen Zeugenaussagen aufgeschrieben, wann Hilal wo war. Danach steht eindeutig fest: Die Zehnjährige verschwand gegen 13.30 Uhr. Danach hat sie niemand mehr gesehen. Die Aussage der Frau kann nicht stimmen.
Am Vormittag hat die Polizeiführung entschieden, dass die ermittelnden Beamten des Kriminalkommissariats 25 Unterstützung vom Landeskriminalamt bekommen sollen. Und so fährt Kriminaldirektor Reinhard Chedor am Nachmittag vom Präsidium zur Wache. Bei ihm sind die

Polizeipsychologin Claudia Brockmann und ein türkischer Dolmetscher. Gemeinsam gehen sie alle Zeugenaussagen durch. Und während sie noch die Ermittlungsergebnisse besprechen, steht plötzlich Kamil Ercan in der Wache. In der Hand hat er ein Paar schwarze Plateauschuhe: „So sahen die Schuhe aus, die Hilal am Tag ihres Verschwindens trug. Genau so", erklärt der Vater den Beamten. Die Polizisten nehmen die Schuhe entgegen.
„Was macht ihr jetzt?" will Kamil Ercan wissen. Doch die Antworten, die er bekommt, können den besorgten Vater nicht beruhigen. Verzweifelt geht er wieder nach Hause. „Die machen nichts", sagt er verbittert seiner Frau. Er ahnt nicht, dass die Fahnder bis tief in die Nacht zusammen sitzen. Noch einmal alle Spuren durcharbeiten.

Das zweite Wochenende

Inzwischen sind rund 60 Hinweise bei der Polizei eingegangen. Sogar eine Wahrsagerin hat sich gemeldet. Auch die Post will bei der Suche nach dem vermissten Kind helfen. Sie lässt 1600 Fahndungsplakate auf eigene Kosten nachdrucken, verteilt sie an alle Briefträger in Hamburg. „Die Zusteller kennen ihren Bezirk, können Auffälliges sofort der Polizei melden", erklärte Post-Sprecherin Minou Esfahlani.
In ihrer Wohnung an der Spreestraße sind die Eltern von Hilal mit ihren Nerven am Ende. „Wir waren völlig kaputt", erklärt Kamil Ercan heute. „Wir hatten das Gefühl, dass nur die Familie am Schicksal von Hilal interessiert war. Dass die Polizisten einfach nur warten, bis sie irgendwann über Hilals Leiche fallen. Dabei haben wir

doch alles gemacht. Wir haben tagelang die ganze Gegend abgesucht. Wir haben die Kleidung neu gekauft, die Hilal an dem Mittwoch getragen hatte. Wir haben alle Fragen immer wieder beantwortet. Ich habe den Polizisten auch von dem anonymen Anruf erzählt."
Zu diesem Zeitpunkt spricht Reinhard Chedor mit Michael Daleki, dem Leiter des Landeskriminalamtes. Die Kripo-Beamten sind sich einig: Wenn das Schicksal von Hilal geklärt werden soll, dann müssen jetzt mehr Ermittler eingesetzt werden. Damit alle Möglichkeiten gleichzeitig bearbeitet werden können. Diese Arbeit kann ein Kriminalkommissariat nicht leisten. Dafür braucht man eine so genannte „Besondere Aufbau-Organisation" (BAO). Was dahinter steckt, ist in der Polizei-Dienstvorschrift 100 auf Seite 14 unter dem Punkt 14.2.2. geregelt: Eine BAO wird eingesetzt, wenn eine schwierige polizeiliche Lage (Geiselnahmen, Entführungen, besondere Erpressungen, etc.) eine besondere Anforderung an Koordination, Zusammenarbeit und einen erhöhten Kräftebedarf nötig macht. Am Ende des Gesprächs beschließt LKA-Chef Michael Daleki: Aufgrund der komplexen Lage, der Wiederholungsgefahr, der schwierigen Ausgangslage und dem hohen Interesse in der Öffentlichkeit brauchen wir für Hilal eine BAO.

Montag, 8. Februar 1999

Die „BAO Morgenland" wird gegründet.

Die „BAO Morgenland"

Morgens um 8 Uhr trifft sich Reinhard Chedor im Polizeipräsidium mit seinen engsten Mitarbeitern. Als Chef
des LKA 2, das zuständig für solche BAOs ist, hat der
Kriminaldirektor die Leitung übernommen. Für solche
Fälle gibt es vorbereitete Einsatz-Konzepte, die immer
wieder aktualisiert und um neue Erfahrungen ergänzt
werden.
Zuerst müssen die einzelnen Einsatzabschnitte eingeteilt
werden. Da gibt es unter anderem die Ermittlungen, die
Fahndung, operative Maßnahmen, Pressearbeit, Betreuung der Familie. Als erstes steht der Bereich „Ermittlungen" auf dem Plan. Rund 20 Beamte sollen hier mitarbei-
ten. Doch aus welchen Abteilungen sollen sie kommen?
Schnell ist klar, dass die Spezialisten vom LKA 42 (Sit-
tendclikte) und vom LKA 41(Mordkommission) mit dabei sind. Zusätzlich werden Beamte vom Raubdezernat
(LKA 43) eingeteilt. „Außerdem war uns wichtig, dass
die Kollegen vom KK 25 mit dabei waren, die von Anfang an in dem Fall ermittelt haben", erklärt Reinhard
Chedor. „Denn sie bringen neben den Berichten auch ihre
persönlichen Erfahrungen mit den Zeugen ein." Und der
Kollege vom Kriminaldauerdienst, der am 27. Januar
zuerst mit der Familie von Hilal gesprochen hatte, soll
ebenfalls zur BAO gehören.
Klar ist auch, dass der Abschnitt „operative Maßnahmen"
von den Beamten des Mobilen Einsatzkommandos
(MEK) übernommen wird. Diese Polizisten sind in der
Observation speziell ausgebildet, können außerdem auch
in den gefährlichsten Lagen sofort eingreifen und beispielsweise Täter festnehmen.

Dann wird ein Abschnitt „Betreuung" festgelegt. Diese Beamten sollen den Kontakt zur Familie halten, sich auch um Probleme der Angehörigen kümmern. Im Abschnitt „Presse" wirde ein Mitarbeiter der Polizeipressestelle eingetragen. Er soll notwendige Zeugenaufrufe in die Zeitungen bringen, den Kontakt zu den Redaktionen halten. Auch der Bereich „Fahndung" wird bereits festgelegt – falls plötzlich ein Tatverdächtiger ermittelt wird und untertaucht. Außerdem wird von der Kriminaltechnischen Untersuchung ein Kollege namentlich benannt, der sich während der ganzen Ermittlungen um die Spurensicherung kümmern wird. Und der jederzeit einsatzbereit sein muss.

Doch nicht nur Polizisten müssen eingeteilt werden. Die BAO braucht auch Räume. Normalerweise gibt es im Präsidium ein Zimmer, in dem sich Sonderermittler treffen können. Doch an diesem Tag ist noch eine Sonderkommission in diesem Raum, eine von den Raubermittlern. Deshalb treffen sich am 8. Februar um 14 Uhr die Mitglieder der BAO zum ersten Mal in der Polizeiwache an der Lübecker Straße. Erst später ziehen die Fahnder in den 12. Stock des Präsidiums am Berliner Tor.

Und natürlich braucht die BAO einen Namen. Auch weil dies immer die erste Frage der Journalisten ist. Man einigt sich auf „BAO Morgenland".

Schon beim ersten Treffen legt Reinhard Chedor die Leitlinien fest: „Auf uns warten schwierige Zeiten. Wir werden an den Rand unserer Kraft gehen und wir werden Niederlagen erleben. Aber wir werden wieder aufstehen. Ein Kind ist verschwunden, und wir haben die hohe Verpflichtung, das Schicksal dieses Mädchens aufzuklären. Insbesondere auch ‚um dadurch weitere Taten zu verhindern."

Und ein weiterer Grundsatz wird während dieses Treffens festgelegt: optimale Kommunikation. „Alle müssen immer über den wesentlichen Stand der Ermittlungen informiert sein", erklärt Chedor. „Nur so kann jeder draußen, wenn er mit Zeugen oder Angehörigen spricht, neue Erkenntnisse richtig zuordnen und entsprechend reagieren." Und so wird beschlossen: Die Ermittler treffen sich jeden Morgen um 8.30 Uhr. Zusätzlich gab es Sonder-Besprechungen mit allen Leitern der Einsatzabschnitte zu Sonderproblemen.

Zuerst müssen die BAO-Beamten Arbeitsthesen entwickeln. „Dabei ging es nicht darum, besonders logische Erklärungen für Hilas Verschwinden zu finden", sagt Chedor. „Im Gegenteil: es ging darum, überhaupt Erklärungsansätze zu finden. Gleich wie absurd eine Idee am Anfang auch klingt – jede ist wichtig, und wir haben alles aufgeschrieben." Danach werden alle Ideen sortiert, unter Oberbegriffen zusammen gefasst.

Neun Thesen bleiben übrig:

- Politischer Bezug: Die Familie von Hilal stammt aus der Türkei. Haben oder hatten Familienmitglieder Kontakte zu politischen Organisationen?
- Unfall: Ist Hilal gestürzt, hat sich dabei schwer verletzt? Konnte sie sich nicht mehr bewegen? Oder hat jemand sie womöglich angefahren – und dann einfach mitgenommen?
- Weglaufen: Hat es mit den Eltern Streit gegeben? Hat sich Hilal aus Angst vor Strafe vielleicht bei Freunden versteckt?
- Selbstmord: Hat es Streit gegeben? Oder war Hilal unglücklich verliebt. Hat sie sich aus irgend einem solcher Gründe das Leben genommen?

- Entführung: Ist Hilal Opfer einer Entführung – von Fremden oder von einem Familienmitglied? Will jemand Geld von der Familie erpressen?
- Entführung aus Rache: Ist Hilal vielleicht entführt worden, weil jemand noch eine „Rechnung" mit ihrer Familie begleichen will – und sich dafür das kleine Mädchen als Opfer aussucht?
- Vortäuschung: Ist das Verschwinden möglicherweise nur vorgetäuscht. Schließlich hat ein ähnlicher Fall bereits in Hamburg für Schlagzeilen gesorgt. Damals hatte die Polizei tagelang nach der kleinen Mona gesucht. Das ägyptische Mädchen war von den Eltern als vermisst gemeldet worden. Am Ende stellte sich heraus: Es war alles gelogen. Das Mädchen gehörte eigentlich zu einer anderen Familie, war aber doppelt gemeldet in Deutschland - um auch doppelt Sozialhilfe kassieren zu können. Als nun den „Zweit-Eltern" die Abschiebung drohte, musste Mona verschwinden. Denn ihre leiblichen Eltern durften ja in Hamburg bleiben.
- Kindesentziehung: Hat entweder die Mutter oder der Vater ein Interesse, das Kind dem jeweils anderen wegzunehmen?
- Sexual- oder Tötungsdelikt: Ist Hilal einem Sexualtäter in die Hände gefallen? Hat dieser Täter sie nach der Tat umgebracht?

„Wir mussten alles in Betracht ziehen", sagt Reinhard Chedor, „Aber wir mussten bei dieser Liste auch Prioritäten setzen." Die einzelnen Thesen werden nach Wahrscheinlichkeiten gestaffelt. Der Selbstmord fällt schnell weg. Schließlich hatten Polizisten bereits mehrfach das Wohnhaus von Hilal durchsucht, alle angrenzenden Straßen, Parks, Spielplätze. Wenn das Mädchen sich umgebracht hätte, hätten die Beamten ihre Leiche finden müssen. Und die Aussagen aller, die Hilal kannten, sprechen gegen diese These. Auch die Überlegung, dass Hilal weggelaufen ist, wird weitgehend ignoriert. Bei den Temperaturen dieser Jahreszeit hätte sich das Mädchen längst irgendwo melden müssen. Und auch hier widersprechen alle Zeugen einer solchen These. Ebenso fällt der selbstverschuldete Unfall aus. Wäre Hilal schwer gestürzt, wäre das hilflose Mädchen bei einer der Suchaktionen gefunden worden.

Der so genannte fremdverschuldete Unfall dagegen wird länger geprüft. These: Hilal ist zum Beispiel von einem Autofahrer angefahren und tödlich verletzt worden. Der Fahrer hat die Leiche schnell in seinen Kofferraum packen und irgendwo im Umland ablegen können. Aber auch diese Vorstellung bewerten die Ermittler als nicht wahrscheinlich. Denn dafür hätte es mit größter Wahrscheinlichkeit Zeugen gegeben. Und die hätten sich mit Sicherheit bei der Polizei gemeldet. Auch der politische Bezug wird verworfen. Bei einer Entführung aus solchen Motiven geht es den Tätern auch darum, Verständnis in der Öffentlichkeit zu wecken. Wer jedoch Kinder entführt, kann nie mit Verständnis rechnen. „Natürlich konnten wir keine These hundertprozentig ausschließen. Es gibt immer noch die theoretische Möglichkeit, dass doch genau das passiert ist, was wir für unwahrscheinlich halten", sagt Reinhard Chedor. „Letztlich arbeiten wir immer mit Wahrscheinlichkeiten." Und deshalb bleiben auch bei den erfahrensten Fahndern immer Zweifel.

Die Fahnder müssen sich also entscheiden. Und so bleiben am Ende zwei Thesen als die wahrscheinlichsten übrig: die des Sexual- bzw. Tötungsdelikts – und die der Entführung, aus welchen Motiven heraus auch immer.

Letztere vor allem wegen des anonymen Anrufs. Hat sich da ein Entführer gemeldet, der Geld erpressen will? Dann gibt es nur einen Grund, warum der Unbekannte sich nicht wieder gemeldet hat: Hilal war jetzt tot. Weil er sie zum Beispiel gefesselt und geknebelt hat und sie dabei erstickt ist. Dann wäre ihr Tod ein Zufall und dem Entführer die Sache zu heiß geworden. Die Fahnder entscheiden: diese These ist unwahrscheinlich. Die Kontaktaufnahme zu den Eltern deutet nicht auf einen Entführer hin. Wer immer bei der Familie am 3. Februar angerufen hatte – der Mann wollte Hinweise geben.

So stehen die Fahnder vor der schwierigen Situation, dass sie zwar verschiedene Tat-Möglichkeiten haben – aber keine konkreten Hinweise. Und so fangen die Ermittler noch einmal an. Wieder ganz von vorn. Selbstverständlich wird dabei auch die Familie erneut durchleuchtet. Diesmal geht es um die finanzielle Situation der Eltern und der Verwandten. Auch die Kontakte und das weitere Umfeld werden überprüft. Und selbstverständlich wird auch überprüft, ob Familienmitglieder vorbestraft sind. Dabei fällt den Fahndern vor allem Hilals Onkel Mithat auf. Sein Name steht bereits mehrfach in Polizeiakten. Und ein Eintrag gräbt sich sich tief in das Gedächtnis der Fahnder ein: Mithat E. ist wegen Zuhälterei vorbestraft. Und er hat einschlägig vorbestrafte Freunde.

Zeitgleich arbeiten sich andere BAO-Beamte durch die vorhandenen Hinweise. Dabei finden sie die Aussagen zum Schlachter im Einkaufszentrum. Die Ermittler haben ein Gefühl: Diese Spur ist noch nicht kalt, noch nicht restlos geklärt. Und so sprechen sie am 10. Februar noch einmal mit der Geschäftsinhaberin. Wieder will niemand den angeblichen Schlachter, der Süßigkeiten an die Kinder verteilt hatte, kennen. Doch die Beamten bleiben stur.

Sie sehen sich im Laden um. Wollen auch den Keller sehen. Dort entdecken die Fahnder einen Raum, in dem eine Matratze liegt und Kleidungsstücke. Hier hat jemand gewohnt. Und dann ist da noch eine Hintertür. Von dort führt eine Treppe direkt zu dem Parkplatz des Einkaufszentrums. Dort wurde Hilal zuletzt gesehen.

Die Beamten reagieren elektrisiert. Denn schon längst haben sie sich die Frage gestellt: War dieser Parkplatz der Ausgangspunkt der Tat? Wurde Hilal hier von jemandem gesehen, in ein Auto gezerrt und verschleppt. Oder war der Parkplatz der Endpunkt? War hier auch der direkte Tatort?

Erste Maßnahme: Die Geschäftsinhaberin und die Mitarbeiter werden ins Präsidium gebracht und dort verhört. Die Kriminaltechniker rücken an, kleben auf der Suche nach Spuren von Hilal jeden Millimeter im Keller ab. Die Beamten folgen sogar der Spur des Mülls – bis zur Müllverbrennungsanlage.

Im Präsidium gibt die Geschäftsinhaberin mittlerweile den Namen des „Schlachters" preis. Er war illegal in Hamburg, lebte deshalb im Keller. Und auch die vielen gesicherten Spuren bringen keinen Hinweis auf Hilal.

Immer wieder erleben die Ermittler solche Rückschläge, werden hin und her gerissen von äußerster Anspannung und wieder Frustration. Von der Familie hatten sie erfahren, dass die Jacke, die Hilal am Tag des Verschwindens getragen hatte, von der Großmutter gekauft worden war. Die gleiche Jacke hat die Frau auch für die kleine Schwester Fatma gekauft. Sofort bringen die Ermittler Fatmas Jacke zur Kriminaltechnik. Doch das Ergebnis ist niederschmetternd. Im Labor finden die Spezialisten bei unzähligen Versuchen heraus, dass die Jacke keinerlei Faserspuren aufweist. Außerdem können sich die Eltern nicht eindeutig daran erinnern, wo sie das Sweatshirt, das Hilal am 27. Januar trug, gekauft hatten. Somit können die Fahnder kein Vergleichs-Sweatshirt besorgen – und logischerweise keine Vergleichsfasern bestimmen.

Das sind aber nicht die einzigen Probleme, vor denen die Beamten stehen. Phasenweise scheint es, als ob sich alles gegen die Beamten verschworen hätte. Und selbst eine „Routineangelegenheit" erweist sich als kompliziert und beinahe unlösbar. So hatten die Beamten schon zu Beginn der Ermittlungen in der Wohnung von Hilas Eltern Gegenstände sichergestellt, an denen DNA-fähiges Material von Hilal gesichert werden sollte. Dieses Material, Haare beispielsweise, brauchten die Polizisten aus zwei Gründen: Über die DNA könnte im schlimmsten Fall die Leiche von Hilal auch noch nach langer Zeit zweifelsfrei identifiziert werden. Und über die DNA könnten auch Spuren, wie beispielsweise Blut an einem möglichen Tatort, zweifelsfrei Hilal zugeordnet werden. Deshalb hatten die Beamten unter anderem die Zahnbürste der Zehnjährigen mitgenommen. Doch die Kriminaltechniker fanden nur unbrauchbares Material. Und so suchten die Beamten wieder und wieder in Hilas Kleiderschrank, bis schließlich das DNA-Muster von dem Mädchen gesichert werden konnte.

Die Ermittlungen gleichen manchmal einer Achterbahn. Mal sind die Fahnder fast in Hochstimmung, glauben an den Durchbruch. Dann sind sie wieder ganz unten. „Am Anfang waren alle sehr euphorisch", erinnert sich Reinhard Chedor. „Die Arbeit der BAO lässt sich mit einem Langstreckenflug vergleichen. Am Anfang geht es mit voller Kraft nach oben. Aber dann muss man den Flieger in der Luft halten – für lange Zeit." Und auch sicher durch Turbulenzen kommen. Doch trotz aller Rückschlä-

ge und Niederlagen – den Begriff „aufgeben" kennen die Beamten nicht. „Es gab Kollegen, die konnten überhaupt nicht abschalten. Sie fuhren abends mit der Bahn nach Hause und wenn dann ein Mädchen mit langen dunklen Haaren bei ihnen einstieg, glaubten sie Hilal zu sehen ..."
Doch es gibt auch Erfolge. Wenn auch nur sehr kleine. Die Beamten beschlagnahmen die Kassenrolle des Supermarktes. Darauf entdecken sie endlich einen Hinweis auf Hilal. Auf einer Bonrolle vom 27. Januar finden sie den registrierten Betrag von einer Mark. So viel kostet die Packung „Hubba Bubba"-Kaugummi, die Hilal sich kaufen wollte. Endlich haben die Fahnder eine genaue Uhrzeit: Der Bon war um 13.22 Uhr gedruckt worden. Und das passt genau zu den Aussagen der Familie.
Obwohl die Beamten der „BAO Morgenland" rund um die Uhr und auch am Wochenende im Einsatz sind, haben sie immer noch zu wenig Hinweise. Zwar wird die Belohnung mittlerweile auf 10.000 Mark erhöht, aber dennoch gibt es fünf Wochen nach dem Verschwinden von Hilal gerade mal 150 Hinweise an die Polizei.
Zeitweise sind rund 200 Beamte im Einsatz. Sie durchsuchen das Luruper Waldgebiet Bornmoor, den Volkspark. Polizeitaucher suchen in den nahen Seen. Bei einer dieser großen Aktionen wird ein T-Shirt entdeckt, die Polizisten glauben endlich an eine echte Spur. Mit dem Shirt rasen zwei Polizisten zu den Eltern. Doch die schütteln den Kopf: Das Shirt gehört Hilal nicht.
Und immer wieder wird die Gegend rund um das Haus der Eltern abgesucht. „Wir mussten ja damit rechnen, dass der mögliche Täter die Leiche am Anfang bei sich im Haus oder in der Wohnung versteckt hat", erklärt Reinhard Chedor. „Und dann erst später, wenn die Polizei alles abgesucht hatte, die Leiche draussen versteckt."

Außerdem ist diese doppelte und dreifache Arbeit auch eine Form der Qualitätskontrolle. Denn Menschen können irren, Polizisten etwas übersehen. Doch immer kehren die Beamten ohne Ergebnis zurück.
Deshalb beschließen sie, den Tat-Tag einmal ganz genau zu rekonstruieren. Bis ins kleinste Detail. Mit allen Verwandten, allen Zeugen. Um vielleicht doch noch eine Spur zu finden.

Der Tag der Tat

Am 24. Februar 1999 klingeln morgens um 6 Uhr Polizisten an der Wohnungstür der Familie Ercan in der Spreestraße. Hilal ist jetzt seit genau vier Wochen verschwunden. Die Fahnder haben Zeugenaussagen überprüft, Hinweise aufgenommen, die Familie befragt. Doch eine heiße Spur gibt es nicht.
An diesem Mittwoch sollen alle Aussagen noch einmal überprüft werden. Und zwar anhand einer Rekonstruktion. Die Ermittler wollen den gesamten Tagesablauf nicht nur erzählt bekommen – sie wollten ihn mit der Familie und den Zeugen noch einmal erleben. Um Widersprüche zu entdecken. Und neue Ansatzpunkte zu finden.
Und so begleiten jeweils zwei Beamte die einzelnen Familienmitglieder. Sie erleben mit ihnen, was die Eltern und Verwandte an dem Tag taten, an dem Hilal verschwand. Sie fahren beispielsweise gegen 6.30 Uhr mit Hilals Eltern zum Rondenbarg. Dort steigt Ayla aus, geht zu ihrer Firma. Unter den Augen der Polizisten geht sie in den ersten Stock, zu ihrem Spind. Dort warten bereits ihre Arbeitskolleginnen. Ayla holt ihren Kittel heraus. Die Kolleginnen erinnern sich jetzt an das Gespräch, das sie am 27. Januar um diese Uhrzeit geführt hatten. Eine Frau hatte für eine Kollegin Schuhe besorgt – doch die waren viel zu groß. Ausgelassen hatten die Frauen darüber Scherze gemacht. Und während die Frauen wieder lachen, bricht Ayla Ercan in Tränen aus: „Ich habe gelacht - und kurz danach ist meine Tochter verschwunden!"
Die Beamten weichen nicht von Ayla Ercans Seite. Wie an dem Mittwoch vor vier Wochen putzt Hilas Mutter die

Zimmer, macht mit Kolleginnen Pause. Als sie in die Kantine geht, um sich etwas zu trinken zu holen, kollabiert sie beinahe: An der Wand hängt ein großes Fahndungsplakat mit dem Hilals Foto.

Zu dieser Zeit stehen andere Ermittler an der Ecke Spreestraße/Elbgaustraße. Es ist 13.30 Uhr. Polizeipsychologin Claudia Brockmann übernimmt Hilals „Rolle". Sie spielt eine mögliche Szene: Hilal wird von einem Mann angesprochen, will weglaufen, schreit laut. Selbst den Fahndern läuft bei dem Schrei eine Schauer über den Rücken. Und die Zeugin, die am 27. Januar um 13.30 Uhr diesen Schrei gehört hat, nickt nur stumm.

Bis 17.30 Uhr sind die Polizisten unterwegs. Dann brechen sie ab. Sie haben genug erfahren. Zum Beispiel, wie viele Busse zur fraglichen Zeit an der Spreestraße und an der Elbgaustraße unterwegs sind. Welche Läden beliefert werden. Welche Firmenmitarbeiter ihre Mittagspause in der Einkaufspassage verbringen. „Wenn die Zeugen nicht zu uns kommen, dann kommen wir eben zu den Zeugen", denken sich die Beamten. Sie fragen bei Firmen nach, beim Hamburger Verkehrsverbund. Sie suchen die Lieferanten, Mitarbeiter und Busfahrer. Und finden schließlich – nach wochenlanger intensiver Arbeit - gleich drei wichtige Zeugen.

Die beiden ersten erinnern sich daran, dass sie an der Spreestraße mit ihrem Wagen an einer roten Ampel warten mussten. Die Tachoscheibe ihres Lieferwagens beweist, dass es da gerade 13.30 Uhr war.

Als sie an der Ampel warteten, sahen die Männer nach links. Sie beobachteten, wie auf dem Parkplatz ein Mann ein Mädchen mit langen dunklen Haaren an der Hand hielt. Die beiden gingen zur Parkplatzauffahrt. Den Mann beschreiben sie als etwa 45 Jahre alt, 1,80 Meter groß, korpulent mit rötlich-blondem Haar, einer hohe Stirn und möglicherweise einem Bart.

Und noch etwas war den Arbeitskollegen aufgefallen. Auf dem Parkplatz stand direkt neben der Ein- und Ausfahrt ein dunkler Mercedes. Und als der Mann mit dem Mädchen an der Hand entlang ging, lud der Autobesitzer gerade etwas in den Kofferraum seines Wagens.

Am nächsten Tag, Hilal ist jetzt seit acht Wochen verschwunden, berichten alle Tageszeitungen über diese neuen Zeugen. Sie drucken Aufrufe: Der unbekannte Mercedes-Fahrer solle sich dringend melden. Die Polizei sucht ihn als wichtigen Zeugen. Zwar bekommen die Beamten am nächsten Tag bereits zehn neue Hinweise – aber der Gesuchte meldet sich nicht. Ein weiteres Resultat der Rekonstruktion: Hilals Großmutter, Fatma Demirbilek, hat bei den ersten Vernehmungen die Polizei angelogen. Die damals 54-jährige hat behauptet, dass sie am 27. Januar bei zwei Freundinnen gewesen sei. Doch als die Beamten Hilals Großmutter durch den Tag begleiteten, wurde schnell klar: Das kann nicht stimmen. Denn selbstverständlich werden auch die Zeitangaben der beiden Freundinnen überprüft. Und am Ende steht fest: Fatma Demirbilek hat ausgerechnet für die Zeit, zu der Hilal verschwand, kein Alibi.

Als dann der dritte ermittelte Zeuge bei den Beamten aussagt, fügte sich plötzlich alles zusammen: Dieser Mann glaubt sich zu erinnern, dass er Hilal gesehen hat – in einem Bus, ander Seite einer älteren Frau. Und der Zeuge ist sich mit dem Datum sehr sicher. Denn an dem Tag hatte ein Verwandter von ihm Geburtstag. Daran kann sich der Zeuge natürlich genau erinnern. Und obwohl die Aussage des Zeugen eigentlich klar ist, ermittelen die Fahnder, wann er am Einkaufszentrum gewesen sein konnte. Eine Art Gegen-Check. Sie kommen auf zwei in Frage kommenden Daten: Am 18. und am 27. Januar muss der Zeuge bei den Elbgau-Passagen gewesen sein. Hate der Mann also tatsächlich Hilal am Tag ihres Verschwindens gesehen? An der Seite ihrer Großmutter? Am Ende der Tattag-Rekonstruktion sind sich die BAO-Ermittler sicher: Wir müssen in zwei Richtungen ermitteln. Die beiden Zeugen stützen die These, dass Hilal einem Sexual- oder Tötungsdelikt zum Opfer fiel. Doch die Lügen der Großmutter und die dritte Zeugenaussage untermauern eher die Familienthese. Und so konzentrieren die die Fahnder auf diese beiden Möglichkeiten.

Die Familienthese

Mit Feuereifer stürzt sich ein Teil der Fahndungsgruppe nun auf die Familienthese. Getrieben werden die Beamten von einer Hoffnung: Wenn Hilal tatsächlich von einem Familienmitglied entführt wurde – dann lebt sie!
Doch trotz dieser Hoffnung sind die Ermittlungen gegen die Familie innerhalb der BAO nicht unumstritten. „Das können wir der Familie nicht antun. Sie leidet doch bereits genug unter dem Verschwinden von Hilal", argumentieren die internen Kritiker. „Wir müssen es sogar tun", sagen die Befürworter. Dass auch gegen die Familie ermittelt wird, ist eine Selbstverständlichkeit. „Das *Ob* wird nicht in Frage gestellt. Über das *Wie* können wir jederzeit diskutieren", erklärt Kriminaldirektor Reinhard Chedor seinen Mitarbeitern. „Hilal ist unsere Auftraggeberin. Ihr gegenüber sind wir verantwortlich. Wenn Hilal in der Türkei ist, wird sie von uns fordern: Holt mich heim. Und wenn Hilal tot ist, dann hat sie den Anspruch, dass wir sie finden, die Tat aufklären und weitere verhindern." Den Beamten ist klar: „Was immer wir bei unserer Arbeit anfangen – wir gehen den Weg zu Ende."
Zu Beginn stehen natürlich die möglichen Motive im Vordergrund. Wer könnte ein Interesse daran haben, Hilal verschwinden zu lassen. Dabei gehen die Ermittler noch einmal alle Zeugenaussagen zur Familiensituation durch. Immer wieder stoßen sie dabei auf Andeutungen, dass die Ehe von Ayla und Kamil Ercan in der Krise stecke. Wenn dies wahr wäre – welche Bedeutung hätte dies für den Fall?
Die Ermittler finden in den Unterlagen auch den Hinweis, dass Hilal als einziges Kind der Familie im Pass

von Kamil Ercan eingetragen ist. Bei einer Trennung hätte der Vater also jederzeit mit Hilal in die Türkei reisen können. Andererseits: Mutter Ayla Ercan hätte ohne Probleme mit Fatma und Abbas in die Heimat fliegen können. Wollte sie also alle Kinder behalten, wäre das ein eindeutiges Motiv, Hilal zu verstecken.

Die Fahnder denken zurück an den Anfang ihrer Ermittlungen. Da hatten sie sich alle im Kinosaal getroffen und die aufgezeichneten Fernsehbeiträge über das Verschwinden von Hilal angesehen. Sie hatten vor allem auf die Bilder der Familie geachtet. Wie Ayla Ercan im Kreis der Frauen saß – und keine Regung zeigte. Wie die anderen Frauen laut das verschwundene Kind beklagten – und nur die Mutter keinen Ton von sich gab. Trauert so eine Mutter um ihre Tochter, fragen sich die Ermittler jetzt. Oder weiß Ayla Ercan, wo ihre Tochter steckt und trauert deshalb nicht wie die anderen? Aber wer will schon beurteilen, was „richtige" Trauer ist.

Eines ist den Beamten von Anfang an klar: Wenn die Mutter Ayla mit dem Verschwinden des Kindes zu tun haben sollte, dann konnte sie nicht selbst Hilal weggebracht haben. Denn Ayla hat für den 27. Januar ein Alibi. Wer könnte ihr geholfen haben? Zum Beispiel ihre Mutter, Fatma Demirbilek. Erklärt sich dadurch das merkwürdige Verhalten von Hilas Großmutter?

Zeitgleich versuchen die Fahnder sich einen Überblick über die komplette Familie von Hilal zu verschaffen. Auf großen Schautafeln werden die einzelnen Verbindungen dargestellt. Dabei stellen sie fest, dass die Familie Ercan ein mächtiger Clan ist. Die Familie von Hilals Vater stammt aus Kozpinar, die Familie von Hilals Mutter aus der Nähe von Izmir. Und schnell merken die Beamten: Die beiden Familien sind nicht gerade freundschaftlich verbunden. Drohte also die Ehe von Hilals Eltern tatsächlich zerbrechen, hätte Aylans Familie noch ein Motiv mehr, das Mädchen nicht an den Vater und seinen Clan verlieren zu wollen.

Wie schwierig sich die Ermittlungen darstellen würden, sehen die Fahnder schließlich auf dem ersten Schaubild, das die Familie komplett darstellt – mehr als 300 Namen stehen dort. Die Hauptstränge der Familien liegen sowohl in Deutschland als auch in der Türkei.

Sollte sich die These, die Familie stecke hinter dem Verschwinden des Kindes, als wahrscheinlich erweisen, gibt es drei mögliche Aufenthaltsorte: 1. Hilal ist noch in einem Versteck in Deutschland, vielleicht sogar in Hamburg. 2. Hilal ist bereits in der Türkei. 3. Oder Hilal ist auf dem Weg von Hamburg in die Türkei. Eine zeitraubende Angelegenheit könnte das werden.

Zuerst lassen sich die Fahnder die Passagierlisten der Flüge Richtung Türkei geben. Da allein innerhalb von drei Tagen 68 Direkt-Flüge von Hamburg anfallen, können die Beamten nicht alle Passagiere einzeln überprüfen. Und so werden Auswahlkriterien getroffen. Alle Passagiere mit den bekannten Nachnamen (u.a. Ercan und Demirbilek) werden sofort herausgenommen. Außerdem achtet man auf Passagiere, die ungefähr Hilals Alter haben. Nach und nach werden dann alle ausgefilterten Personen überprüft – ohne Ergebnis. Dabei ist den Beamten klar: Wenn jemand mit falschem Namen geflogen ist, ist die Zahl der Möglichkeiten unendlich groß.

Zeitgleich konzentrieren sich die Ermittler auf Hilals Großmutter Fatma Demirbilek. Schließlich gibt es durch die Rekonstruktion des Tattages diese Zeugenaussage, nach der die Oma mit Hilal am 27. Januar in einem Bus unterwegs gewesen sein soll. Und außerdem steht fest:

Das Alibi von Fatma Demirbilek stimmt nicht. Doch bei der Polizei bleibt die 55-Jährige stur, behauptet immer wieder, sie sei doch bei ihren Freundinnen gewesen. Und auch sonst zeigt sie sich die Oma ausgesprochen unkooperativ. Sie lügt, immer wieder. So gibt sie beispielsweise an, seit zehn Jahren keinen Kontakt mehr zu ihrem Ex-Mann Mehmet Demirbilek gehabt zu haben. Doch die Polizisten wissen genau: Das stimmt nicht. Im Gegenteil: Das Ex-Ehepaar pflegt regelmäßigen Kontakt.

Und noch eine Szene alarmiert die Fahnder. Als sie im Kinosaal die Fernsehbilder der Familie sehen, sitzt bei einer Szene Hilas Vater mit einem Verwandten im Vordergrund. Die Männer unterhalten sich auf Türkisch. Der Dolmetscher ist sicher, dass dabei dieser Satz fällt: „Das mit Hilal, das war doch der Mehmet..." War damit Mehmet Demirbilek, Ex-Mann der Großmutter, gemeint?

Auch andere „Kleinigkeiten" machen die Beamten stutzig. So haben die Eltern alle Bilder von Hilal von den Wänden genommen. Und „Putschi", der Wellensittich der Familie und Hilals Liebling, ist nicht mehr in der Wohnung an der Spreestraße. Auch Hilals Spielzeug hat die Mutter weggetan. Ist vielleicht beides, Vogel und Spielzeug, längst auf dem Weg zu Hilal?

Auf Nachfragen erklärt Ayla Ercan, dass sie den Anblick des Spielzeugs nicht mehr ertragen kann und es deshalb weggelegt habe. Der Vogel sei kurzfristig bei anderen Familienmitgliedern untergebracht, das wäre häufiger der Fall. Das klingt glaubwürdig, aber nicht unbedingt überzeugend.

Die Fahnder lassen nicht locker, befragen die Eltern, immer wieder. Ayla Ercan wird auch mit den Aussagen von Zeugen konfrontiert, Hilal sei nicht die Tochter von Kamil. „Es war eine sehr harte Zeit für uns", erinnert sich

Kamil Ercan. „Aber trotzdem hatte es auch etwas beruhigendes: Die Polizei tat etwas. Sie suchte nach Hilal. Und da mussten sie alles tun." Hilals Vater verteidigt auch innerhalb der Familie immer wieder die Arbeit der Polizei. „Ich will meine Tochter wiederhaben. Und dafür ist jeder Weg richtig."

Mittlerweile beschäftigen sich die Fahnder noch genauer mit Hilals Großmutter. Warum lügt Fatma Demirbilek so hartnäckig? Denn nicht nur bei dem Alibi sagt sie die Unwahrheit. Auch bei anderen Dingen lügt sie. Selbst bei Nebensächlichkeiten. So streitet sie beispielsweise Kontakte zu Landsleuten ab, die sie definitiv kannte. War sie einfach etwas durcheinander? Oder hat sie am 27. Januar etwas anderes getan, was weder Polizei noch Familie erfahren sollte? Oder hat sie doch etwas mit dem Verschwinden zu tun?

Die Fahnder entdecken auch, dass Fatma Demirbilek jahrelang ihre Familie in Izmir finanziell unterstützt hatte. Doch vor kurzem hat sie die Geldzahlungen eingestellt. Wollte vielleicht ein Familienmitglied mit der Entführung Hilals die Großmutter erpressen? So oder so – ob sie Hilal selbst entführt hat oder erpresst wird: Man wird das Gefühl nicht, die Großmutter weiß, was passiert ist.

Die neuen Theorien in Sachen möglichem Aufenthaltsort und Familienbande erweitern den „Einzugsbereich" der Polizei erheblich: Wenn sie Gewissheit haben will, muss sie auch in der Türkei ermitteln. Dort nach Hilal suchen, vielleicht sogar nach dem Mädchen selbst. Zwar haben auch türkische Zeitungen bereits über das verschwundene Mädchen berichtet – aber Hinweise aus dem Land am Bsoporus gibt es nicht. So nehmen die Hamburger Polizisten Kontakt zum Rauschgiftverbindungsbeamten vom BKA in Ankara auf. Der erklärt den Hamburger Kollegen

Struktur und den weitgehend zentralistischen Aufbau der türkischen Polizei. So ist die Zentrale in der Hauptstadt Ankara – und internationale Zusammenarbeit muss dort abgesegnet werden. Der Verbindungsbeamte organisiert Gesprächspartner. Schließlich fliegt Reinhard Chedor mit Kollegen nach Ankara. Drei Tage wandern sie von Polizeiführer zu Polizeiführer – dann endlich bekommen sie die Unterstützung, die sich brauchen. Die Hamburger Polizisten fliegen nach Izmir, nehmen sofort mit dem lokalen Polizeipräsidenten Kontakt auf. „Wir wurden dort mit offenen Armen empfangen", erinnert sich Reinhard Chedor. „Wir bekamen eine eigene Ermittlungsgruppe an die Seite, die uns bei allen Besuchen bei der Familie begleiteten."

Doch wie in Hamburg will auch in der Türkei die Familie die Polizei nicht unterstützen. Schließlich fällt eine Entscheidung: In einer großangelegten Aktion sollen Wohnungen und Häuser der Familie in drei Orten in der Türkei durchsucht werden. Und zeitgleich sollen in Deutschland mögliche Verstecke durchkämmt werden.

Am 7. Mai ist es so weit: Morgens stürmen rund hundert türkische Polizisten die Wohnungen der Familie, durchsuchen alle Zimmer, Keller, Dachböden. Sie entdecken vieles – aber nicht Hilal. Gleichzeitig wird Hilals Großmutter in Hamburg zum Polizeipräsidium gebracht – ohne Vorwarnung.

Fatma Demirbilek wird im Präsidium immer wieder befragt. Die Beamten haben vorher eignes – auch mit Hilfe von Psychologen und türkischen Mitarbeitern – ein Konzept für die Befragung ausgearbeitet. Doch Hilas Großmutter bleibt stur. Am Anfang. Doch dann, ganz langsam, bricht das Eis zwischen den Beamten und der Frau.

Schließlich beantwortet sie die Fragen der Fahnder. Und will sogar helfen.

Heute ist den Fahndern auch klar, warum die Ermittlungen in der Familie so schwer waren. Warum niemand gerne mit den Polizisten gesprochen hat. Und warum so viele nahe Verwandte – der Onkel, die Großmutter – einfach bei allen Fragen geschwiegen hatten. „Wir haben viel über die türkische Kultur gelernt“, sagt Reinhard Chedor. Die unterschiedliche Weltsicht hat zu Beginn für viele Missverständnisse gesorgt. „Für die Familie war es in Ordnung, wenn sie zur Polizeiwache oder ins Präsidium kommen sollte. Aber wenn Polizisten in ihrer Wohnung waren – dann haben sie das als schweren Eingriff in ihr Leben empfunden.“ Denn in der Türkei arbeitet man nicht mit der Polizei zusammen. Da hat man keine Polizisten im Haus. Und wenn, dann nur ganz kurz. Da gibt man nicht einmal zu, dass man jemanden kennt. Damit die anderen nicht denken, man arbeitet doch mit der Polizei zusammen. Und damit die anderen nicht auch noch mit der Polizei zu tun haben müssen.

Und Hilals Oma hat sogar noch einen Grund der Polizei zu misstrauen. Sie ist in der Türkei von einem Polizeiwagen angefahren worden. Die Polizisten haben sich danach nicht um sie gekümmert, sie einfach schwer verletzt liegen lassen. Noch heute hat Fatma Demirbilek in der Schulter Schmerzen.

Am 9. Juli werden die Ermittlungen gegen die Familie eingestellt. „Wir hatten alles ermittelt, was es zu ermitteln gab. Die These, dass die Familie etwas mit dem Verschwinden zu tun hat, nichts mehr, hatte sich in Luft aufgelöst. Wir hatten nichts mehr tun können“, erklärt Reinhard Chedor. „Die Personen, die uns bekannt waren, hatten mit Hilas Verschwinden nichts zu tun.“ Alle Widersprüche sind aufgeklärt, die angebliche Trennung der Eltern gibt es nicht, die Großmutter tut alles, um zu helfen. Nur eine Möglichkeit bleibt noch: Dass jemand Hilal entführt hat und dann ein Unfall passierte und Hilal starb. „Wir können nie mit absoluter Sicherheit etwas ausschließen. Immer nur nach vernünftigen, realistischen Wahrscheinlichkeiten abwägen", sagt Reinhard Chedor.

Jetzt, da die Ermittlungen gegen die Familie eingestellt sind, haben die Polizisten auch jede Hoffnung verloren, sie könnten Hilal noch lebend finden. „Uns war klar: mit großer Sicherheit suchen wir eine Leiche", erinnert sich Reinhard Chedor. Und natürlich wird intern noch einmal über den Umgang mit der Familie diskutiert. „Dabei war aber allen klar, dass die Entscheidung, gegen die Familie zu ermitteln, selbstverständlich war. Aber sicherlich wären wir – mit dem Wissen von heute – manchmal andere Wege gehen. Wir haben die Ermittlungen nachbereitet. Haben die belastenden Situationen für die Familie herausgearbeitet und Alternativen konstuiert. Und die werden wir im nächsten Fall anwenden."

Sexual- oder Tötungsdelikt?

Während ein Teil der „BAO Morgenland" in der Türkei nach Spuren sucht, gehen die Kollegen zeitgleich weiter der These vom Sexual- oder Tötungsdelikt nach. Sie haben alle wichtigen Daten bundesweit weitergegeben – auf der Suche nach ähnlichen Fällen. Da schreckt sie eine Meldung aus Hamburg auf: In Lohbrügge hat ein Mann eine Elfjährige in einem Einkaufszentrum angesprochen, in seinen Wagen gezerrt, verschleppt, missbraucht.

Die Beamten können sind erregt: Dieser Tathergang passt genau zu Hilals Verschwinden. Sie sind sich sicher: Wenn Hilal einem Sexualtäter in die Hände gefallen ist und er wieder zuschlägt – dann wird sich der Ablauf ähneln. Ist dieser Fall jetzt eingetreten? Nur vier Monate nach Hilals Verschwinden? Die Ermittler lassen sich die Akten aus Lohbrügge geben – auf der Suche nach weiteren Übereinstimmungen. Dabei geht es vor allem darum: Um welchen Typ Täter handelt es sich im zweiten Fall? Denn wenn ein Kind das Opfer eines Sexualtäters wird, unterscheiden Polizisten und Psychologen zwischen so genannten stationären und mobilen Tätern.

Ein stationärer Täter bleibt in der Nähe des ersten Tatortes. Er ist nicht kommunikativ, reagiert spontan. Er sieht sein Opfer und es „überkommt" ihn. Dann reagiert er sofort, ohne Plan, aus der Situation heraus. Er zieht sein Opfer in ein Gebüsch, verschleppt es vielleicht in seine eigene, nahe Wohnung. Nach der Tat lässt er sein Opfer in der Nähe zurück. Das wichtigste Merkmal: Alle Orte liegen dicht beieinander. Und das Opfer wird, wenn es tot ist, nicht erst mühsam versteckt. Die Leiche wird nur schnell weggebracht. Denn: Alle Aktionen sind spontan.

Dieser Typ ist durchschnittlich bis überdurchschnittlich intelligent, hat eine feste Arbeit, lebt meist in einer festen Partnerschaft, hat ein „normales" Sexualleben. Er wirkt freundlich, oft sogar vertrauenswürdig. Kurz: Er ist völlig unauffällig. Man kann mit ihm in Urlaub fahren, ihn auf ein Bier treffen. Von seiner Umwelt wird er als nett empfunden, als sozial kompetent.

Es fällt zwar auf, dass er niemanden nah an sich heran lässt, sich nicht wirklich öffnet – aber so richtig wird auch das nicht wahr genommen. Es gibt einfach keinen Grund für Nachbarn oder Bekannte, sich darüber Gedanken zu machen. Es gibt zwar Situationen, in denen er gekränkt reagiert, ausrastet, sogar aggressiv wird – aber das wird von Anwesenden lediglich als anstrengend empfunden. Niemand zieht den Rückschluss, dass es sich bei diesem Mann um eine narzistische Persönlichkeit handelt. Um jemanden, der sich toll findet – und der einzigartig sein will. Und dafür Pläne schmiedet, über eine „große Tat" nachdenkt, über die alle sprechen werden.

Was liegt näher, als sich in seiner direkten Umgebung umzuschauen. Noch weiß er nicht, was er machen wird. Nur, dass er etwas machen wird.

Wenn es Spannungen gibt, reagiert dieser Tätertyp immer gleich - mit Flucht. Er flieht in seine Phantasien. Da kann er seine Gewalt-Potential ausleben. Wird von niemandem gestört. In seinen Kopf, seine Seele kann keiner hineinschauen.

Und er flieht auch direkt, körperlich. Ob es Probleme mit der Familie, der Frau/Freundin oder mit Kollegen gibt – der Mann setzt sich in sein Auto und gibt Gas. Einfach nur die Straßen entlang, ohne festes Ziel.

Das Auto gehorcht ihm. Er beherrscht es. Notfalls mit Gewalt – sprich: Vollgas. Das braucht er, irgendwie muss er seinen Frust abbauen. Und es klappt ja auch – zumindest in seiner Phantasie. Wenn er so daherrast, sieht er sich in Gewaltszenen mit anderen Menschen. Natürlich ist er auch da der Meister, der Beherrscher. Er gewinnt immer.

„Allmachts-Phantasien" nennt das der Psychologe. Der künftige Täter glaubt: „Ich habe alles und jeden unter Kontrolle." Dabei werden die martialischen Szenen immer häufiger und deutlicher. Stück für Stück rückt er aus dem realen Leben in seine Phantasie-Welt. Doch das merkt niemand.

Irgendwann reichen diese Phantasien nicht mehr, genügt ihm diese Art Selbstbefriedigung nicht mehr. Dann sucht er sich jemanden. Eine Frau. Oder ein Kind. Mit einer List nähert er sich dem Opfer. Lockt es zu seinem Wagen. Oder er bedroht das Kind sofort – durch einschüchternde Worte, Drohungen oder indem er ein Messer zeigt. Doch diese Aktion geht blitzschnell vonstatten. Später werden Zeugen sagen: „Ich dachte, er sei ein Vater mit seinem Kind."

Der Täter zieht sein Opfer zu seinem Wagen. Den hat er ganz in der Nähe abgestellt. Das Kind wird in den Kofferraum gedrückt. Oder es muss sich auf den Boden vor die Rückbank legen. Mit seinem Opfer fährt er irgend wohin. Er braucht einen Ort, an dem er seine Phantasien verwirklichen kann. Wo er alles machen kann, was er schon so oft in seiner Vorstellung getan hat. Völlig gleich, wo das passiert: im Freien vielleicht, im Auto oder in irgend einem ungestörten Haus. Es kann auch seine Wohnung sein.

Sein Opfer bringt er anschließend an einen dritten Ort. Dort lässt er es zurück. Lebt das Kind noch, setzt er es an einer einsamen Stelle aus, damit niemand seine Spuren zurückverfolgen kann. Ist das Kind tot, versteckt er die Leiche an einem schwer zugänglichen Ort, in einer Höhle zum Beispiel. Oder er vergräbt sie.

Als Hilal verschwand, stellten die Beamten fest: rund um die Spreestraße leben 27 einschlägig polizeibekannte Männer. 27 Männer, die überprüft werden mussten. Und die sogar auf die Polizisten warteten. „Wieso kommt ihr erst heute?" fragte ein Mann die Ermittler. Von den 27 in Frage Kommenden hatten 19 ein Alibi. Alle wurden überprüft. Und auch die Akten der restlichen Männer wurden irgendwann zur Seite gelegt. Denn die Polizei hatte die Gegend rund um die Spreestraße so oft durchsucht – ohne Erfolg.

Seit der Rekonstruktion des Tat-Tages sind die Beamten sicher: Es muss sich um einen mobilen Täter handeln. Als die Ermittler der „BAO Morgenland" die Akten aus Lohbrügge lesen, trauen sie ihren Augen nicht. Das Opfer, die elfjährige Manuela (Name geändert), ist der gleiche Mädchentyp wie Hilal. Wie Manuela verschwand, wie Hilal verschwand – alles gleicht sich aufs Haar.

Und alles ist so, wie mobile Täter immer handeln. Die Tat gleicht dem üblichen Muster genau: Am 7. Mai wird Manuela im Einkaufszentrum Lohbrügge vor einem großen Supermarkt von einem Mann angesprochen, mit einem Messer bedroht, in einen Wagen gezerrt. Auf einem Feldweg wird das Mädchen sexuell missbraucht, an einem anderen, einsamen Weg gefesselt ausgesetzt.

Als die Zeitungen über die Tat berichten, meldet sich ein einziger Zeuge. Ihm verdanken die Ermittler die rasche Aufklärung des Verbrechens. Der Mann hat die Szene vor dem Supermarkt gesehen – und sich das Kennzeichen eines roten „Ford Galaxy" notiert. Kurz darauf wird der Fahrzeugbesitzer, ein 31-jähriger EDV-Fachmann, fest-

genommen. Er hat Manuela in seiner Mittagspause über-
fallen. Und ist danach wieder an seinen Schreibtisch zu-
rückgekehrt. Er ist völlig ruhig bei der Festnahme.
Der EDV-Fachmann gibt sofort zu, Manuela missbraucht
zu haben. Der zuständige Staatsanwalt beantragt einen
Haftbefehl – doch der Haftrichter lässt den Mann wieder
laufen. Die Richter-Logik: der Mann ist doch geständig,
also besteht keine Verdunklungsgefahr. Und er hat einen
festen Wohnsitz, Arbeit. Also besteht auch keine Flucht-
gefahr. Eine mögliche Wiederholungsgefahr kann der
Richter nicht erkennen.
Als Manuelas Mutter das erfährt, meldet sie sich bei einer Hamburger Tageszeitung. Die Staatsanwaltschaft legt
gegen die erste Richter-Entscheidung Widerspruch ein.
Ein anderer Richter erlässt Haftbefehl.
Bei seinen Vernehmungen im Polizeipräsidium wird der
Mann auch von den Morgenland-Ermittlern vernommen.
Und da geschieht etwas Erstaunliches: Der Täter, der
sonst nicht genug reden kann und die Tat von Lohbrügge
in allen Details erzählt, schweigt. Ein Alibi für den 27.
Januar will er nicht nennen. Unter den Ermittlern verbreitet sich Hochspannung. Schnell finden sie heraus: der 31-
Jährige war am 27. Januar 1999 krank geschrieben. Beim
Nacharbeiten der alten Zeugen-Aussagen im Fall Hilal
entdecken die Fahnder dann die nächste Spur: Zeugen
erinnern sich an einen roten „Ford Galaxy" in der Nähe
der Spreestraße – zu dem Zeitpunkt, als das Mädchen
verschwand. Und im Wagen des EDV-Fachmannes finden die Kriminaltechniker einen kleinen Tropfen Blut.
Und da Manuela bei der Tat nicht verletzt wurde, hängen
plötzlich alle Hoffnungen der Fahnder an diesem winzi-
gen Tropfen Blut. Stammt er von Hilal?

Im kriminaltechnischen Labor wird die Blutspur untersucht. Durch die geringe Menge sind nur wenige Untersuchungen möglich. Dafür umso aufwendigere. Wochenlanges Warten beginnt. Selbst die Feststellung, dass es sich überhaupt um menschliches Blut handelt, verbraucht bereits fast die Hälfte der sichergestellten Flüssigkeit. Trotzdem könne die Techniker noch eine DNA-Analyse machen. Das Ergebnis: Es ist nicht Hilals Blut.

Trotzdem: Die Fahnder geben nicht auf. Denn mittlerweile haben sie die Vergangenheit des EDV-Fachmannes durchleuchtet. Und festgestellt, dass er Kontakte nach Husum hat. Dort, genauer: in Drelsdorf, verschwand im August 1993 die damals elfjährige Seike Sörensen. Und zu dieser Zeit besuchte der EDV-Fachmann Verwandte in der Gegend.

Zwei spurlos verschwundene Mädchen und die missbrauchte Manuela – alles nur ein Zufall? Das können nicht einmal die erfahrenen Ermittler glauben. Doch der Mann, der so viele Fragen beantworten kann, schweigt noch immer. Ungewöhnlich für einen Menschen, der sonst so gerne im Mittelpunkt steht.

Und noch etwas macht die Ermittler stutzig. Während der EDV-Fachmann die Tat in Lohbrügge gesteht, kann er alle Orte genau beschreiben. Er führt die Fahnder sofort zu dem Feldweg, an dem er Manuela ausgesetzt hat. Aber an welchem Ort er das Mädchen missbrauchte, kann er sich nicht mehr erinnern. Wie das? Diesem Mann, der stolz mit seinen detailgenauen Schilderungen prahlt, soll plötzlich das gute Gedächtnis versagen? Diese angeblichen Erinnerungslücken sind absolut ungewöhnlich. Und im Prozess haben Gutachter und Zeugen eindeutig bewiesen, dass der Mann seine Taten bis in letzte Feinheiten geplant hat, dass es sich nicht um eine Spontan- oder

Schock-Tat handelte. Doch bestimmten Fragen weicht er aus, behauptet, sich nicht erinnern zu können. Die Ermittler sind überzeugt: Er lügt, weil er nicht erzählen will. Aus welchen Gründen auch immer. Dabei könnte er alle noch offenen Fragen beantworten.

Der EDV-Fachmann muss sich für die Tat von Lohbrügge vor Gericht verantworten. Unter den Zuschauern sitzt auch Hilals Mutter. Ayla Ercan will dem Mann in die Augen sehen – dem Mann, den sie auch heute noch für den Mörder ihrer Tochter hält: „Er wusste genau, dass ich im Gerichtssaal war. Aber ich habe nur seinen Rücken gesehen. Er hat sich nicht einmal umgedreht. Neben mir saß sein Vater. Auch er wusste, wer ich bin. Und hat nur starr gerade aus gesehen." Warum sie so von der Schuld des EDV-Fachmannes überzeugt ist? „Wenn er es nicht war, warum sagt er dann nicht einfach, was er an dem Tag gemacht hat. Kein normaler Mensch würde mit so einem Verdacht leben wollen."

Auch Hilals Vater ist sicher, dass dieser Mann das Schicksal seiner Tochter kennt. „Als ich in der Zeitung gelesen habe, dass er an dem Tag von Hilals Verschwinden nicht bei der Arbeit war und auch sonst kein Alibi angegeben hat, wußte ich es. Und die Zeugen haben Hilal mit einem Mann gesehen, der so einen merkwürdigen Watschelgang hat. Meine Frau hat ihn im Gericht gesehen – und er hat auch diesen Gang." Für die Tat von Lohbrügge schicken die Richter den EDV-Fachmann für sieben Jahre ins Gefängnis. Ayla Ercan: „Gleich, wie lange er im Gefängnis sitzt. Ich werde auf ihn warten. Und wenn er raus kommt, werde ich ihn fragen, wo Hilal ist. Niemand wird ihn vor mir und meinen Fragen verstecken können."

Presse, Familie, Polizei

Wenn heute ein kleines Mädchen verschwindet, sind nicht nur Polizisten im Dauereinsatz. Auch Journalisten sind rund um die Uhr unterwegs. Sie berichten über die Suche, veröffentlichen Zeugenaufrufe, drucken Phantombilder. Sie zeigen die verzweifelten Eltern und deren Appelle, sprechen mit verunsicherten Nachbarn. Ein verschwundenes Mädchen wird zur bundesweiten Schlagzeile. Egal ob BILD-Zeitung oder TAZ, ob RTL-News oder Tagesschau – alle berichten über den „Fall".

Spätestens seit August 1996, als im belgischen Charleroi der Elektriker Marc Dutroux verhaftet wurde, sind Journalisten bei der Nachricht von einem verschwundenen Mädchen wie elektrisiert. Denn damals wurde aus den Vermisstenfällen ein Skandal, der um die Welt ging. Marc Dutroux hatte mit seiner Frau und Komplizen mehrere Mädchen auf der Straße abgepasst, verschleppt, in Kellern gefangen gehalten. Zwei Mädchen ließ er verhungern, zwei andere wurden von Polizisten in einem Versteck gefunden. Die Bilder der Kinder, die völlig verängstigt und weinend das Haus, in dem sie gequält wurden, verliessen, wurden weltweit gesendet und gedruckt. Am Ende waren Politik, Justiz und Polizei – auch auf Grund von peinlichen Pannen - tief in den „Fall Dutroux" verstrickt. Nicht nur die Belgier fragten sich, wer den Kindermörder geschützt hat. Und bis heute weiß niemand, ob dies alles nicht nur die berühmte Spitze des Eisberges ist.

In Deutschland ist bislang kein ähnlicher Fall bekannt geworden. Obwohl auch hier jedes Jahr Mädchen verschwinden. Meistens werden sie Opfer von Sexualstraftätern. Ihr Schicksal kennt das ganze Land. Denn Journalisten berichten von der ersten Sekunde der Suche.

Wie am 31. August 1994, als die kleine Luisa, gerade neun Jahre jung, auf dem Weg nach Hause in Hamburg-Ohlstedt verschwindet. Es ist ein Mittwoch, das Mädchen will von ihrer Freundin mit dem Fahrrad nach Hause. Als sie nicht ankommt, machen sich die Eltern auf die Suche. Sie entdecken nur Luisas rosa-schwarzes Kinderrad auf einem Parkplatz. Noch in der Nacht suchen 250 Polizisten die Umgebung ab. Mit dabei: Hamburgs Polizeireporter. Sie sehen, wie Luisas Vater verzweifelt neben dem Rad seiner Tochter zusammenbricht. Sie sehen, wie Polizisten jedes Gebüsch, ja sogar Mülltonnen durchsuchen. Und am nächsten Tag haben die Tageszeitungen der Stadt nur eine Schlagzeile: Wo ist Luisa.

Zwei Tage sucht die Polizei nach dem Mädchen. Nachbarn der Familie, Luisas Klassenkameraden, der ganze Stadtteil ist wie gelähmt. Und mit jeder Minute schwindet die Hoffnung, dass Luisa noch lebt.

Am 2. September radelt Fritz O. (79) durch einen Wald, dreißig Kilometer nördlich von Hamburg. Er will zu seiner Schwester. Auf einem kleinen Nebenweg sieht er ein Kind. Luisa! Die Nachricht verbreitet sich schneller als ein Flächenbrand. Die lokalen Radiostationen melden: „Luisa ist gefunden". Da waren die Polizeireporter längst wieder unterwegs. Sie fahren zum Forstweg bei Sülfeld, zu Luisas Eltern, in ihre Schule. Und am nächsten Tag haben die Zeitungen wieder eine Schlagzeile: „Luisa lebt!"

Auch Hilal verschwindet an einem Mittwoch. Auch diesmal wissen es die Polizeireporter noch am selben Abend. Die Öffentlichkeitsfahndung nach dem Mädchen wird im Radio gesendet. Doch als am nächsten Tag die

Polizisten rund um das Elternhaus alles absuchen, sind Hamburgs Reporter nicht dabei. Die Polizeipressestelle stellt an diesem Donnerstag im Laufe des Nachmittages sogar noch eine Pressemeldung in den bundesweiten Verteiler: „Zehnjähriges Mädchen vermisst." Es ist die neunte Meldung des Tages.

Die erste Nachricht des Tages ist die Festnahme von Peter Z. (damals 40). Als Beamte des Mobilen Einsatzkommandos den Mann in Hamburg-St. Georg festnehmen, trägt er eine Pistole im Schulterholster. Er gesteht am selben Tag zwei Morde. Dem Mietkiller gehören die Schlagzeilen der Tageszeitungen. Hilals Verschwinden ist nur eine Meldung.

Das ändert sich Freitag schlagartig. Hilal ist jetzt seit zwei Tagen verschwunden.

Als Polizisten am Mittag im Einkaufszentrum „Elbgau-Passagen" Flugblätter mit einem Fahndungsaufruf verteilen, sind die Fernsehkameras auf sie gerichtet. Als die Familie selbstgemachte Plakate an die Hauswände klebt, drücken Fotografen auf die Auslöser. Und in der Wohnung der Eltern stehen Journalisten Schlange.

„Es hörte gar nicht auf. Zeitweise warteten drei Kamerateams gleichzeitig im Flur", erinnert sich Kamil Ercan. Der Vater gibt ein Interview nach dem anderen: „Unsere Tür war immer offen. Wir wollten doch, dass jeder weiß: Hilal ist weg. Damit alle sie suchen..." Und damit sich vielleicht jemand meldet, der gesehen hat, wie Hilal verschwand.

In den nächsten Tag steht die Familie im Rampenlicht. Täglich kamen neue Journalisten in die Wohnung. „Sie stellten immer die gleichen Fragen, ich gab immer die gleichen Antworten", erzählt Kamil Ercan. Er wird zum Sprecher der Familie. Kinderfotos von Hilal werden herausgesucht, die Eltern vor dem Bett der Tochter fotografiert. Wie in Trance macht seine Ehefrau, Ayla Ercan, alles mit. „Ich weiß nicht mehr, wie viele Leute bei uns waren."

Doch nicht nur die Familie wird belagert. Auch bei der Polizeipressestelle klingeln die Telefone. „Wir bekamen Anfragen aus der ganzen Bundesrepublik. Sogar aus Holland und Belgien riefen Journalisten an. Sie schienen zu glauben, jetzt gibt es den deutschen Dutroux", erinnert sich Hans-Jürgen Petersen. Der Erste Polizeihauptkommissar übernimmt die Koordination der Polizei-Pressearbeit. „An manchen Tagen waren alle Kollegen nur mit Fragen zu Hilal beschäftigt. Das waren dann Hunderte von Anrufen." Dazu kommen noch die Interviews für alle Radiostationen und Fernsehsender.

Fast täglich erscheinen jetzt Zeugenaufrufe in den Hamburger Zeitungen. Und die Polizei steht vor einem Problem: „Wir hatten ja ein großes Interesse daran, dass die Medien immer wieder über Hilal berichteten. Schließlich wollten wir Hinweise haben. Aber gleichzeitig mussten die Informationen koordiniert werden. In den ersten Tagen gab die Familie viele Interviews. Nur steckte kein Konzept dahinter. Wir haben versucht, den Eltern klar zu machen: Wenn wir jeden Tag Zeugenaufrufe in den Zeitungen haben wollen, müssen wir auch jeden Tag etwas Neues zu sagen haben. Niemand druckt oder sendet alte Nachrichten", erklärt Hans-Jürgen Petersen. Und so wird jede große Suchaktion bereitwillig an alle Medien weitergegeben. „Die Zusammenarbeit mit den Journalisten lief wirklich gut."

Nur einmal gibt es Probleme – als Hilals Onkel am 8. März festgenommen wird. An diesem Abend trifft sich das Mobile Einsatzkommando (MEK) am Polizeirevier in Hamburg-Altona. Als die Beamten losfahren, sind sie nicht allein. Ihnen folgt eine ganze Karawane von Polizeireportern.

Im – von Seiten der Polizei unfreiwilligen - Konvoi geht es Richtung Bahnhof Holstenstraße. An einer Ampel drängt sich ein Journalist rücksichtslos mit seinem Auto zwischen ein Gruppenfahrzeug des MEK und das Fahrzeug des Einsatzleiters. Der Reporter will vor seinen Kollegen da sein – und er ist es. Kaum sind die Beamten in die Wohnung an der Eggerstedtstraße gestürmt, steht er mit seiner Kamera bereits auf der Straße und dreht die ersten Bilder. Und während das MEK in der Wohnung noch voll im Einsatz ist, klingeln schon die Telefone in der Pressestelle der Polizei. Denn die Journalisten haben einen Namen auf den Klingelschildern des Hauses entdeckt: Ercan.

In der kleinen Straße fliegen die Gerüchte von Reporter zu Reporter. Dieser Polizei-Einsatz kann nur mit dem Verschwinden der kleinen Hilal zu tun haben. Die Pressestelle gibt auf Nachfragen immer die gleiche Antwort: „Kein Kommentar". Reporter-Logik: Wenn die Polizei nichts sagt, dann steckt etwas ganz Großes dahinter. Das kann nur eines heißen: Der Onkel, Mithat Ercan (damals 29), hat das Mädchen entführt. Und während die Journalisten vor der Haustür auf Neuigkeiten warten, bringen die MEK-Beamten den Onkel über Hinterhöfe unbemerkt zur Parallelstraße, fahren ihn direkt ins Polizeipräsidium. Die Polizisten wollen mit allen Mitteln Bilder der Festnahme verhindern. Denn Mithat Ercan wird nicht wegen Hilal festgenommen!

Trotzdem drucken die Zeitungen am nächsten Tag ihre Schlagzeilen: „Verschwundene Hilal – Ihr Onkel festgenommen." „Vermißte Hilal: Was weiß ihr Onkel?" Dabei hat der ganze Polizei-Einsatz nichts mit dem Mädchen zu tun. Hintergrund ist eine Strafanzeige einer Frau wegen sexueller Nötigung. Die Frau ist als Ex-Freundin des Onkels von den Beamten der „BAO Morgenland" auch zu Hilal als Zeugin gehört worden. Deshalb wendet sie sich mit ihrer Anzeige an die ihr bekannten Polizisten. Die Beamten geben die Anzeige an zuständige LKA 42 (Sittendelikte) weiter. „Die Beamten nutzten die Gelegenheit und überprüften noch einmal sein Alibi vom 27. Januar. Es hatten sich nämlich bei der Rekonstruktion einige Widersprüche ergeben. Und der Onkel schwieg bei allen Fragen der Polizei", erklärt Hans-Jürgen Petersen. Am nächsten Tag ist Mithat Ercan bereits wieder frei. Er hat alle Fragen beantwortet.

Hilals Eltern erfahren bereits kurz nach der Festnahme von der Polizei-Aktion. „An dem Abend riefen die ersten Journalisten an. Sie wollten wissen, was ich zu der Festnahme sage. Ich habe die Fragen gar nicht richtig verstanden", sagt Kamil Ercan. Am nächsten Tag weiß er, was die Reporter von ihm wollen. „Wir waren völlig überrascht, weil in den Zeitungen überall nur von Hilal die Rede war. Als dann die Reporter kamen, war unsere Tür verschlossen. Zum ersten Mal."

Obwohl am nächsten Tag in allen Zeitungen steht, dass Hilals Onkel wieder auf freiem Fuß ist, bringen die ersten Berichte über die Festnahme Probleme. Das Verhältnis zwischen Familie und Polizei ist kurzfristig belastet, auch innerhalb der Familie gibt es Spannungen. Und so mancher Leser ist natürlich dennoch überzeugt, dass die Familie hinter dem Verschwinden des Mädchens steckt. Fatal, wenn man sich vorstellt, dass möglicherweise ein Zeuge der Tat sich nun nicht mehr bei der Polizei gemel-

det hat, weil er glaubt: Ich habe damals etwas ganz anderes gesehen, einer aus der Familie war's ja.
Dabei gibt es nur wenig später Neuigkeiten. Diesmal lädt die „BAO Morgenland" Hamburgs Polizeireporter zu einem „Hintergrundgespräch" ein. „Wir wollten den aktuellen Stand der Ermittlungen erklären. Und auch ganz deutlich machen, warum wir einen neuen Zeugenaufruf brauchen", erklärt Hans-Jürgen Petersen. Denn jetzt haben die Beamten die erste wirklich interessante Spur: Zeugen haben sich gemeldet, die möglicherweise Hilal am 27. Januar gesehen haben – an der Hand eines Mannes. Den Unbekannten können die Zeugen recht gut beschreiben: ca. 45 Jahr alt, ca. 1,80 Meter groß, rotblondes lichtes Haar, korpulente Figur, vermutlich Bart-Träger.
Die Taktik geht auf: Am nächsten Tag berichten alle Zeitungen groß über die erste wirklich heiße Spur. Neue Zeugenaufrufe werden gedruckt und gesendet. Damit hat sich das „Hintergrundgespräch" wieder einmal bewährt. Es ist aber nicht die einzige „Waffe" der Polizei in der täglichen Arbeit mit der Presse. Immer wieder werden lange Einzelgespräche geführt. „Manchmal können journalistische Recherchen unsere Ermittlungen behindern", so Hans-Jürgen Petersen. „In solchen Fällen müssen wir auch erklären, warum ein Bericht uns die Arbeit im schlimmsten Fall kaputt machen kann." Und auch der Konkurrenz-Druck spielt immer wieder eine Rolle. Glaubt ein Journalist, dass ein Kollege mit einer Meldung herauskommt, will er die Story auch bringen. Dann ist Vertrauen gefragt – Vertrauen zwischen Presse und Polizei.
„Insgesamt gab es keine Probleme", lautet die Zusammenfassung der Polizei. Also ein Fall fürs Lehrbuch? „Nein, denn jeder Fall ist anders und muss entsprechend

neu betrachtet werden", macht Hans-Jürgen Petersen
klar. „Wir müssen uns immer anderen Fragen stellen und
auch selbst immer andere Wege gehen. Das gilt für die
Ermittlungen – und auch für den Umgang mit der Presse." Monatelang nimmt er an allen großen Besprechun-
gen teilgenommen, erklärt den Eltern die Presseberichte.
Und er kennt immer den aktuellen Stand der Ermittlungen, bringt Meldung um Meldung in die Zeitungen - auch
als das Verschwinden von Hilal längst nicht mehr Tages-
gespräch in den hektischen Großstadt-Redaktionen ist.
Wie viele Überstunden er gemacht hat, weiß er nicht
mehr. „Jeder versucht, seinen Part optimal zu spielen, um
das Schicksal von Hilal zu klären. Die Suche nach einem
Kind geht allen Polizisten immer sehr nah. Schließlich
sind wir auch Eltern."

Die Akten werden nicht geschlossen

Ein Jahr lang ermittelt die „BAO Morgenland". Ein Jahr lang sind die Beamten fast rund um die Uhr im Einsatz. Sie arbeiten oft bis an die Grenze der Erschöpfung. Zeitweise wird der Jahresurlaub zurückgestellt. Immer sind die Ermittler in „Hausbereitschaft". Und wenn das Telefon klingelt, weil eine neue Spur aufgetaucht ist, dann sind sie sofort wieder unterwegs.

Bei der Polizei arbeiten unter anderem die „BAO Morgenland", das Luruper Polizeirevier, das Mobile Einsatzkommando (MEK), die Täterorientierte Fahndungsgruppe (TFG), der psychologische Dienst, die Bereitschaftspolizei, die Dienststelle Zentrale Angelegenheiten (DZA) und die Verhandlungs- und Beratergruppe an dem „Fall Hilal". Dazu werden die Bau- und Ausländerbehörde eingeschaltet, das Sozial-, Arbeits- und Jugendamt.

Und nicht nur Hamburger fahnden nach dem türkischen Mädchen. Das Ausländerzentralregister in Koblenz hilft bei der Erstellung der Familienschaubilder, das Bundesverwaltungsamt Köln bei Visa-Fragen, der deutsche Wetterdienst sucht die alten Wetterberichte heraus, die Landespolizeischule Schloß Holte-Stuckenbruck hilft mit Leichenspürhunden bei den Suchaktionen, das BKA unterstützt bei den Kontakten in die Türkei. Dazu helfen Polizeidienststellen in Berlin, Bochum, Nürnberg und Bamberg den Hamburger Kollegen.

Im Ausland werden die Deutsche Botschaft in Ankara eingeschaltet, dazu die Internationale Polizei in Den Haag, Brüssel und Wien und die Polizei in Izmir.

Und neben den nationalen und internationalen Behörden helfen auch Institutionen: Banken, das Generalkonsulat der Türkei in Hamburg, die Deutsche Telekom, die Rettungshundestaffel vom Deutschen Roten Kreuz, in- und ausländische Fluggesellschaften. Und nicht nur Polizisten und Hamburgs Zeitungen suchen nach immer neuen Hinweisen: Auch im Internet und der Fernsehsendung „Aktenzeichen XY ungelöst" laufen Zeugenaufrufe.

Tausende von Fahndungsplakaten werden verteilt. Die Geschäftsleute der Einkaufspassage stellen 3000 Mark Belohnung zur Verfügung, weitere 7000 Mark kommen dazu. Sogar alle Postboten und Busfahrer in Hamburg bekommen ein Foto von Hilal mit auf den Weg.

Alle Hinweise und Arbeitsschritte werden detailliert aufgeschrieben. Die Unterlagen füllen 32 Aktenordner. 379 Spurenakten werden angelegt. Allein die Hinweise und Spurenakten machen neun Ordner aus. Die Ermittlungen gegen die Familie werden auf 1308 Seiten festgehalten. 119 Dolmetschereinsätze sind verzeichnet.

Am – vorläufigen - Ende wird Hilal nicht gefunden.

Alle haben gesucht und gehofft. Dass Hilal doch noch lebend gefunden wird. Wenn eine Spur im Sande verläuft, feuern sich die Fahnder wieder an: „Wir haben eine Schlacht verloren, aber keinen Krieg." Und machen weiter.

Dabei scheinen die Ermittlungen der „BAO Morgenland" nie unter einem Glücksstern zu stehen. Den Polizisten wird nichts geschenkt, kein „Kommissar Zufall" kommt ihnen zu Hilfe. Selbst die scheinbar einfachsten Dinge werden zu Problemen. Wochenlang suchen die Fahnder, bis sie endlich DNA-fähiges Material von Hilal bekommen. Und immer wieder müssen sie Niederlagen einstecken.

Die Beamten leben damit dass die Familie sie misstrauisch beäugt. Dass niemand gerne mit ihnen spricht. Dass selbst die engsten Verwandten keine Fragen der Beamten beantworten – aber Zeitungen und Fernsehsendern lange Interviews geben.

Und die Beamten müssen auch damit leben, dass sich kaum Zeugen melden. Hilal verschwindet am hellichten Tag, mitten in Hamburg. Nicht irgendwo an einem einsamen Waldweg oder in einem menschenleeren Park. Sondern direkt vor einer Einkaufspassage an zwei belebten Straßen. Und kaum einer hat etwas gesehen. „Es war wirklich auffällig, wie wenig Menschen sich gemeldet haben", sagt Kriminaldirektor Reinhard Chedor. Selbst die wichtigsten Zeugen melden sich nicht selbst bei der Polizei. Sie werden erst nach der Tatrekonstruktion mühsam ermittelt. Dabei ist jeder Zeuge wichtig. Egal wie konkret oder schwammig die Hinweise sind – alles wirde aufgenommen und „durchermittelt".

Für die Beamten geht es während der Ermittlungen zu wie bei einer Fahrt auf der Achterbahn – mal rauf, weil sie eine neue Spur hatten, einen neuen Hinweis haben. Und dann wieder im Sturzflug nach unten. Manchmal liegen die Nerven blank, manchmal scheinen sie zu verzweifeln. Aber sie machen sie weiter. Vielleicht auch, weil sie sich gegenseitig vorleben, dass man nicht einfach aufgibt. Dass man nach einer Niederlage erst recht weitermacht. Und natürlich auch, weil sie wissen, dass es bei ihrer Arbeit um das Leben eines kleinen Mädchens geht. Diese Tatsache ist Motivation genug.

Und obwohl die Polizisten wissen, dass sie alles getan haben – Zweifel sind geblieben. „Natürlich fragen wir uns, ob wir wirklich jede Spur bis zum absoluten Ende verfolgt haben", gibt Reinhard Chedor zu, „ob wir wirk-

lich alle Möglichkeiten ausgeschöpft haben." Oder ob sie doch etwas übersehen haben. „Das ist das Problem: Wir können bei unserer Arbeit nie mit hundertprozentiger Sicherheit etwas ausschließen. Es bleiben immer theoretische Möglichkeiten offen. Und die lassen sich nicht bis zum Ende ermitteln." Als Beispiel: Hilal könnte entführt worden sein und sie ist durch einen tragischen Unglücksfall dabei gestorben. Weil der Entführer sie zu stark betäubte. Weil sie geknebelt wurde und erstickte. Oder weil sie irgendwo untergebracht wurde und der Entführer sich nicht um sie kümmern konnte – weil er womöglich wegen einer anderen Straftat verhaftet worden ist. All dies können die Beamten nicht endgültig ausschließen. Wie auch? Dann könnte die Leiche von Hilal irgendwo in Deutschland liegen. Niemand kann ein ganzes Land umgraben und durchsuchen. Und irgendein Mensch in Deutschland weiß mit Sicherheit, wo Hilal liegt. Doch niemand kann das Alibi aller Menschen überprüfen. „Nach polizeilichem Ermessen haben wir diese These ausgeschlossen", so Reinhard Chedor. Weil Entführer sich eigentlich immer melden. Auch noch Lösegeld fordern, wenn das Opfer tot ist. Es zumindest probieren. Doch niemand hat jemals solche Forderungen an die Familie gestellt. „Trotzdem bleibt die Möglichkeit bestehen..."
Und so können die Fahnder nicht mit einem guten Gefühl nach Hause gehen. Sie tragen ihre Zweifel immer mit sich. Denn selbst als klar ist, dass Hilal nicht mehr leben wird, leben kann, dass sie wohl das Opfer eines Sexualmörders geworden ist, werden die Fahnder getrieben. Sie wissen, dass sie nur eine Leiche finden können. Aber wenn sie Hilals Schicksal aufklären können, wenn sie den Täter fassen – dann verhindern sie eine neue Tat.

Retten einem anderen Kind das Leben. Dieser Gedanke treibt vorwärts. Und er frisst jetzt an ihnen. Weil sie ihren Weg eben doch nicht bis zum absoluten Ende gehen konnten.

Aber dennoch, es gibt es auch positive Momente. „Wir haben bei unserer Arbeit auch viel gelernt", erklärt Reinhard Chedor. Die Beamten haben sich tief in die türkische Kultur hineingedacht. Sie haben wieder einmal erfahren, wie wichtig die Zusammenarbeit mit der Presse sein kann. Und es haben sich auch private Verbindungen ergeben. So besteht der Kontakt zwischen Hilals Familie und der Polizei bis heute. „Das ist schon ungewöhnlich", gibt der Kriminaldirektor zu. Aber wenn man sich ein Jahr lang manchmal täglich sieht, wird der Kontakt nicht plötzlich abgebrochen. Noch heute werden die Eltern im Groben über die Ermittlungen informiert. Sie erfahren, ob es eine neue Spur gibt. „Sie wissen, dass wir Hilal nicht vergessen haben."

Als das Mädchen ein Jahr verschwunden ist, arbeiten immer noch vier Beamte der „BAO Morgenland" an den letzten Hinweisen. Einen Monat später sind sie auch damit fertig, die BAO wird aufgelöst. Die Akten gehen an das LKA 42, das Sittendezernat. Aber sie werden nicht geschlossen!

Im Gegenteil: Noch heute sind die Beamten unterwegs. Drei Spuren werden immer noch verfolgt. Drei Hoffnungen. Und wenn ein neuer Hinweis eingeht, ist die „BAO Morgenland" innerhalb weniger Stunden wieder voll im Einsatz.

„Wir haben viele schwere Momente gehabt", erklärt Reinhard Chedor heute. Die „BAO Morgenland" war nicht die erste große Aufgabe des Kriminaldirektors. Als Frauenmörder Thomas Holst aus der psychatrischen Sicherheitsabteilung des Allgemeinen Krankenhauses Ochsenzoll ausbrach, leitete er die Ermittlungen. Damals war er drei Monate mit seinen Mitarbeitern rund um die Uhr im Einsatz. Auch damals gingen die Beamten ungewöhnliche Wege – doch am Ende wurden sie belohnt. Bislang hat Reinhard Chedor jeden Fall gelöst. „Ich habe noch 13 Jahre bis zu meiner Pensionierung", erklärt er. „Und bis dahin ist auch das Schicksal von Hilal geklärt."

Die Familie

Ihr Leben zerbricht von einer Sekunde zur anderen. Als Ayla und Kamil Ercan am 27. Januar 1999 morgens aufstehen, scheint ihre Welt noch in Ordnung. Sieben Stunden später ist alles zerstört. Denn sieben Stunden später verschwindet ihre Tochter Hilal. „Sie war unser Engel", sagen die Eltern. Als „Frühchen" ist sie zur Welt gekommen, deshalb immer besonders umsorgt.

Mit Hilal verschwindet auch das Lächeln der Familie. In den ersten Tage der Suche können die Eltern nicht schlafen, nichts essen, nicht arbeiten. Verzweifelt suchen sie selbst die Straßen ab. Fragen Freunde und Verwandte. Und hoffen. Hoffen darauf, dass Hilal wieder vor ihnen stehen wird. Dass das Leben wieder zurück kommt zu ihnen.

Als die ersten Tage vergangen sind, können die Eltern nur noch warten. Mehr ist ihnen nicht geblieben. Jeder versucht auf seine Weise damit fertig zu werden, dass Hilal womöglich nicht wiederkommen wird.

Kamil Ercan, der Vater, läuft immer wieder zur Polizei. Fragt jeden in der Einkaufspassage. Er kann nicht zu Hause sitzen bleiben. Er muss etwas tun. Und er verlangt es von den anderen. Vor allem von der Polizei.

Ayla Ercan, die Mutter, bleibt dagegen fast nur noch zu Hause. Ihre Welt ist zusammen gebrochen – und ihr schlimmster Alptraum Wirklichkeit geworden. „Ich hatte immer Angst davor, dass so etwas einmal passieren wird", sagt sie heute mit leiser Stimme. Deshalb hatte sie ihren Töchtern immer wieder gesagt, dass sie nicht mit fremden Menschen mitgehen sollen. „Hilal war ein ganz braves Mädchen. Ich habe immer gedacht, dass sie in so einer Situation sofort wegläuft." Heute weiß die Mutter, dass man seine Kinder nicht wirklich schützen kann. „Ich weiß nicht mehr, ob Hilal wirklich nicht doch mit einem fremden Mann mitgegangen ist. Wenn er ihr gesagt hat: Du musst mitkommen, deiner Mutter ist etwas passiert – dann ist vielleicht auch Hilal mitgegangen. Auch wenn sie wusste, dass ihr Vater oben in der Wohnung auf sie wartet."

Die Eltern haben so oft gehofft. Und so oft diese Hoffnung wieder verloren. Sie müssen lernen, dass Zeit bei der Suche nach ihrer Tochter keine Rolle spielt. Das ist vor allem für Ayla Ercan schwer. Wenn sie hört, dass es eine neue Spur gibt, will sie sofort das Ergebnis wissen. Sie kann nur schwer verstehen, dass polizeiliche Ermittlungen manchmal Wochen oder sogar Monate dauern können. „Immer nur warten, warten. Das macht mich verrückt."

Sie kann sich an die ersten Wochen kaum noch erinnern. Fast apathisch lässt sie alles mit sich machen. Als hätte auch sie aufgehört zu leben. Die Verwandten sind damals Tag und Nacht in der Wohnung an der Spreestraße. Sie kochen Essen, doch Ayla will nichts. Die Angehörigen kümmern sich um Hilals Geschwister. Und immer wieder zu Ayla gesagt: „Du musst leben. Für deine Tochter Fatma und für deinen Sohn Abbas."

Am Anfang sind auch jeden Tag Journalisten in der Wohnung der Eltern. „Irgendwann konnte ich nicht mehr", erinnert sich Kamil Ercan. „Sie haben immer die gleichen Fragen gestellt und ich habe immer die gleichen Antworten gegeben." Trotzdem gibt er weiter Interviews. „Aber nach etwa sechs Monaten hat niemand mehr bei uns geklingelt. Der größte Teil der Presse vergisst sehr schnell, wenn er mit einer Geschichte kein Geld mehr verdienen kann."

Die Trauer hat die Familie zusammen rücken lassen. Sie geben sich Halt und Hoffnung. Auch als die Polizei gegen Vater, Mutter und Oma ermitteln, beibt die Familie zusammen. „Zuerst war ich so sauer auf die Polizei", sagt Kamil Ercan. „Aber dann wusste ich: Sie müssen dass tun. Sie müssen eben alles überprüfen." Als Kamil erfährt, dass Verwandte die Polizei angelogen haben, versteht er es nicht. „Ich habe mit Aylas Mutter gesprochen. Habe sie gefragt, warum sie der Polizei nicht die Wahrheit sagt. Doch sie hat auch mir nichts erklärt." Heute ist der Kontakt zur Oma abgebrochen. „Sie hat die Polizei angelogen, obwohl es doch um Hilal ging", sagt Kamil Ercan. „Und weil sie gelogen hat, hatten die Polizisten so viel Arbeit mit ihr. Wenn sie die Wahrheit gesagt hätte, hätten die Polizisten in der Zeit andere Dinge tun können. Das kann ich ihr nicht verzeihen."

Je mehr Zeit vergeht, desto mehr vergräbt sich die Familie. Zuhause warten heißt auch, noch ein bisschen Hoffnung haben. „Ich weiß, dass Hilal nicht mehr nach Hause kommt", sagt Ayla Ercan. „Aber trotzdem träume ich immer wieder davon."

Im Sommer 2000 fängt Kamil Ercan wieder an zu arbeiten. „Meine Kollegen kennen Hilals Schicksal. Vor Weihnachten hat ein Kollege mir gesagt, dass er für Hilal beten wird." Kamil und Ayla glauben nicht an Allah oder an einen anderen Gott. Nicht mehr. „Wenn es so jemanden gibt, dann würde er doch wenigstens die Kinder schützen."

Es gibt heute Tage, an denen für Momente ein bisschen Unbeschwertheit zur Familie zurückkehrt. Wenn Ayla Ercan ihre Tochter Fatma sieht, dann liegt ein Lächeln auf ihrem Gesicht. Wenn sie ihren Sohn Abbas ansieht, dann ist Stolz in ihrem Blick. Doch von einer Sekunde zur anderen ist es wieder vorbei. Dann sind die Augen wieder unendlich traurig. Früher hat sie viel gelacht. Die kleinen Fältchen um die Augen zeigen es. Doch jetzt hat sich die Trauer in das Gesicht von Ayla Ercan eingegraben.

Wer die Familie heute kennen lernt, mag in einem guten Moment nicht spüren, was über ihnen schwebt. Wenn Fatma ihren Bruder oder ihren Vater ärgert – und dann blitzschnell bei ihrer Mutter Deckung sucht. Wenn sie sich an ihren Vater drückt, um ihn eine Sekunde später doch wieder aufzuziehen. Die Elfjährige geniesst ein bisschen Narrenfreiheit. Selbst ihr Bruder Abbas, der 14-jährige, hat viel Geduld mit ihr. Nicht nur, weil sie das Nesthäkchen der Familie ist. Fatma ist auch die einzige Tochter, die einzige Schwester, die geblieben ist.

Hilal ist jetzt seit zwei Jahren verschwunden. Seit zwei Jahren läuft bei der Familie jeden Tag der Fernseher. Und immer wieder hören sie Nachrichten von anderen Mädchen, die verschwunden sind. Dann kommen die Tränen zurück. Ayla Ercan weiß immer genau, wo gerade wieder ein Mädchen verschwunden ist. „Es wird immer schlimmer", sagt sie. „Mittlerweile verschwindet fast jeden Monat ein Kind." Sie weiß, dass sie wieder weinen wird, wenn sie diese Berichte sieht. Aber sie kann nicht wegsehen. Sie leidet mit den Eltern mit, und hofft, dass auch sie ein bisschen Trost finden. Wie sie selbst. „Als Hilal verschwand, riefen uns fremde Menschen an, wünschten uns, dass unsere Tochter gefunden wird. Dass unsere Tochter lebt. Dass hat uns Halt gegeben. Wir wussten, dass wir mit unseren Sorgen nicht allein sind." Doch mit dem Schmerz muss die Familie alleine fertig werden. Zwar werden sie von der Polizei und von der Opferschutzorganisiation „Weißer Ring" betreut – auch psychologisch. Doch die Tränen und den Schmerz kann ihnen niemand nehmen.

Trotzdem sieht sich Ayla Ercan immer noch jeden Bericht über ein vermisstes Kind an. Als im November 2000 in Berlin die 12-jährige Sandra Wissmann verschwand, sitzt Ayla Ercan wieder vor dem Fernseher. Regunsglos verfolgt sie die Bilder der Suchaktionen. Hört, dass Blut gefunden wird. Und als am 3. Januar 2001 die neunjährige Sofia Wendt ebenfalls in Berlin verschwindet, kann sie ihre Tränen nicht mehr zurück halten. Das kleine Mädchen ist nachmittags nur kurz vom Elternhaus zum Kiosk gelaufen, um sich Süßigkeiten zu kaufen. Und verschwindet spurlos. Wie Hilal.

In Berlin ermittelt jetzt die Mordbereitschaft in beiden Fällen. Ein Zusammenhang wird nicht ausgeschlossen. Und im Fernsehen laufen die Interviews mit den Eltern. Mit dem Vater, der selbst Polizist ist und nun bei der Suche nach seiner Tochter nicht mithelfen darf. Mit der Mutter, die von ihrem Mann gestützt wird.

Die Hamburger Polizei hat diese Fälle sofort registriert. Hat sich umgehend bei den Kollegen in Berlin gemeldet. Jetzt werden sich die Ermittler mit ihren Kollegen in Berlin zusammen setzen. Und sie werden in ihren eigenen Akten nachsehen, ob irgendein Tatverdächtiger Beziehungen nach Berlin hat.

Ayla Ercan weiß das. Vielleicht ist das auch ein Grund, warum sie bei jedem vermissten Kind wieder Angst bekommt. „Der Mann, der Hilal getötet hat, wird danach nicht aufhören. Er wird weitermachen, wird ein neues Mädchen suchen", glaubt sie. Und verbindet damit – trotz aller Angst um die anderen Kinder – doch eine heimliche Hoffnung. Die Hoffnung, dass sie Hilal irgendwann doch noch beerdigen können. „Vielleicht wird es mit unserer Tochter sein wie mit Ulrike Evers", sagt Kamil Ercan. Das Mädchen Ulrike verschwindet während einer Kutschfahrt spurlos. Ihre Leiche wird erst entdeckt, als der Täter – festgenommen wegen einer anderen Sexualstraftat an einem weiteren Mädchen – auch die Tat an Ulrike Evers gesteht.

Diese Hoffnung ist das einzige, was den Eltern geblieben ist. Hilals Sachen haben sie tief in den Schränken vergraben. Das Zeugnis, dass ihre Tochter am 27. Januar bekam, steckt in einem roten Schnellhefter. Der Plastikhefter ist zerdrückt, zerrissen. So oft haben die Eltern ihn in der Hand. Manchmal nimmt Ayla die alten Bilder in die Hand, die Hilal gezeichnet hat. Liest dann, was ihre Tochter geliebt hat. Hasen waren ihre Lieblingstiere. Und Tulpen ihre Lieblingsblumen. Ayla Ercan weiß, dass ihre Tochter nie wieder eine Tulpe blühen sieht.

Am zweiten Jahrestag sitzt die Familie wieder zusammen. Im Wohnzimmer sitzen sie, reden miteinander und weinen miteinander.

Was bleibt?

Die Zeit heilt alle Wunden, heißt es. Das klingt beinahe so, als müsse man sich nur genügend Mühe geben und alles wäre wieder gut. Doch das stimmt nicht. Wer sein Kind durch ein Verbrechen verliert, wird immer eine Wunde behalten. Es gibt Tage, an denen sie verdeckt wird. Manchmal mühsam, manchmal etwas leichter. Doch eine Narbe bleibt.
Und sie bricht immer wieder auf. Auch heute, nach zwei Jahren, denken die Eltern jeden Tag an Hilal. Sie wäre jetzt 12 Jahre alt. Was würde sie machen, wofür würde sie schwärmen? Niemand kann eine Antwort auf diese Fragen geben. Doch in der Phantasie lebt Hilal. Dann trägt sie ihr langes Haar immer noch am liebsten offen. Geht mittlerweile in die sechste Klasse. Sie kann Sarma, ihr Lieblingsgericht, diese mit Hack und Reis gefüllten Weinblätter, längst selbst kochen. Sie schwärmt nicht mehr für die „Spice Girls", seitdem ihr Liebling Gerri Hallywell die Band verlassen hat. Und die Bilder der Mädchenband, die sie mit ihrer Schwester so begeistert in ein Album geklebt hat, vergilben langsam.
Aber noch immer träumt Hilal davon, später einmal Ärztin zu werden. Und hinter ihren Märchenbüchern liegt versteckt die erste „Bravo". Vielleicht. Mehr bleibt nicht. Denn der 27. Januar 1999 hat alles zerstört.
In den Monaten danach suchen bis zu 200 Polizisten nach dem Mädchen. Sie machen Hunderte von Überstunden, fahren Tausende von Kilometern, reisen in die Türkei. Ihre Protokolle füllen 32 Aktenordner. Doch sie finden keine Spur. Hilal bleibt verschwunden. Die Beamten, die für die Suche nach ihr zusammen geholt wurden, sind

nach einem Jahr wieder an ihre eigentlichen Dienststellen zurück gekehrt. Doch sie bleiben abrufbar. Sobald eine neue Spur auftaucht, werden sie wieder zusammen arbeiten. Um das Schicksal von Hilal doch noch aufzuklären.

Normalität kehrte ein. Auch in dem Einkaufszentrum „Elbgau-Passagen" an der Spreestraße. Im Erdgeschoss werben immer noch Bäckereien, Schuhläden, Friseure und Lebensmittelgeschäfte um Kunden. Im ersten Stock haben Ärzte und Rechtsanwälte ihre Praxen. An den gelbgeklinkerten Hauswänden hängt die Hausordnung: Betteln, Hausieren und Mofa fahren verboten, Hunde sind grundsätzlich an der Leine zu führen.

Hier ist die Welt scheinbar wieder in Ordnung. Nach dem 27. Januar 1999 hing in jedem Schaufenster mindestens ein Fahndungsplakat der Polizei oder der Familie. Jeder sprach nur über das verschwundene, kleine Mädchen. Heute will keiner mehr reden. Auch Kader Yildirim, der Gemüsehändler, der Hilal zuletzt sah, winkt nur noch ab: „Ich habe schon so viel erzählt."

Selbst im Schaufenster des „Stadtteil-Laden Lurup" klebt kein Foto von Hilal. Nur etwas könnte an sie erinnern: Zwischen dem Angebot für die kostenlose Krabbelgruppe, der Nachbarschaftshilfe und der Mieterberatung hängt ein großes Plakat: „WENDO – Selbstbehauptung und Selbstverteidigung für Laute(r) starke Mädchen zwischen 10 und 13."

Was bleibt sonst?

Die Familie ist weggezogen. Jedesmal, wenn sie das Haus verließen, fiel ihr Blick auf das Einkaufszentrum. Und auf den Platz, an dem Hilal zum letzten Mal lebend gesehen wurde. Mit jedem Tag, an dem die Hoffnung auf ein Wiedersehen schwand, wurde dieser Blick unerträglicher. Eltern und Geschwister wohnen jetzt in einem anderen Stadtteil. Doch die Erinnerung ist mitgekommen. „Noch heute habe ich manchmal das Gefühl, dass ich Hilal sehe", sagt der Vater. „Wenn ich auf der Straße ein Mädchen mit langen dunklen Haaren treffe, dann könnte es meine Tochter sein."

Dann scheint die Zeit stehen geblieben zu sein. In der Erinnerung der Eltern wird Hilal immer zehn Jahre alt sein. Und Fatma, die ein Jahr jüngere Schwester, ist jetzt plötzlich die Ältere. Sie ist immer noch der kleine Rebell der Familie, wird immer hübscher. Und jeden Tag wächst die Angst der Mutter um diese Tochter. „Wenn ich sie nicht sehen kann, werde ich immer unruhig", erzählt Ayla. Deshalb darf Fatma nur selten nach draußen. Schon gar nicht allein. Morgens geht sie mit ihrem Bruder zur Schule, nach dem Unterricht mit Freundinnen nach Hause. „Wenn sie bis 13.08 Uhr nicht da ist, laufe ich los. Dann warte ich an dem Punkt, an dem sie sich von ihren Freundinnen trennt." Ayla lächelt leicht: „Fatma schimpft oft mit mir. Ich soll sie nicht mehr abholen. Aber ich werde es weiter tun. Sie ist doch noch so klein. Ich habe ihr gesagt: Wenn dich jemand anspricht, dann schrei ganz laut und lauf weg." Aylas Stimme wird leiser. Diese Sätze hat sie auch ihrer Tochter Hilal gesagt. Immer wieder.

Gibt es noch Hoffnung für die Familie? „Wir glauben nicht mehr, dass wir Hilal lebend wieder sehen", sagt Kamil Ercan. Der Vater fährt sich mit der Hand durchs Haar: „Aber wir haben immer noch die Hoffnung, dass wir sie irgendwann einmal beerdigen können. Wir wollen doch nur wissen, wo sie liegt. Warum kann der Mann, der Hilal mitgenommen hat, nicht einfach nur sagen, wo

er sie hingebracht hat? Er muss doch verstehen, dass wir so nicht von unserer Tochter Abschied nehmen können. Dass wir so nie ein Ende finden." Fast flehentlich fügt er hinzu: „Ich will doch nur wissen, wo meine Tochter jetzt ist. Ich möchte sie in die Türkei bringen. Ich möchte, dass wir sie beerdigen können."
In der neuen Wohnung hängt kein Foto von Hilal. „Ich werde die Bilder wieder aufhängen, wenn das Schicksal von Hilal geklärt ist", sagt Kamil. Und es klingt wie ein Schwur an seine verlorene Tochter.

Was bleibt noch?

Der Täter. Irgendwo da draussen lebt er. Ist er verheiratet, hat er selbst Kinder? Wenn er eine Tochter hat und ihr in die Augen sieht – denkt er dann an die kleine Hilal? An das, was am 27. Janauar 1999 geschah? Nur er weiß, was wirklich passiert ist. Er hat seit der Tat immer wieder in den Zeitungen die Geschichte von Hilal und ihrem Verschwinden gelesen. Die vielen Fragen, die ihre Familie hat. Und nur er kennt die Antworten. Nur er kann helfen – auch wenn es noch so paradox klingen mag.
In der Bevölkerung gelten Männer wie er als Kinderschänder, als Monster. Selbst in der Gefängnis-Hierachie stehen sie ganz unten. Wer ein Kind missbraucht und umbringt, wird aus der Gesellschaft ausgeschlossen. Doch das ist lediglich der einfachste Weg, mit diesen Männern umzugehen. Wer will sich schon damit auseinander setzen, dass diese Männer unsere Nachbarn, Arbeitskollegen, Freunde, Ehemänner oder Väter sind. Dass sie nicht dem Klischee vom einsamen Waldschrat entsprechen. Oder einer dieser verschroben Männer sind, die

mit 50 noch bei ihrer Mutter leben, weil sie Angst vor Frauen haben. Dieses Schubladen-Denken macht es uns einfach, diese Männer weit weg zu schieben – aus unserem Leben und unserem Alltag. Und genau dass ist das Fatale an dieser Situation. Denn je einfacher wir es uns machen, desto weniger merken wir, was um uns herum passiert. Dabei müssen wir uns mit diesen Tätern auseinander setzen. Um sie erkennen zu können. Und um ihnen – sofern möglich – auch zu helfen. Nicht aus Mitleid, sondern um weitere Taten zu verhindern.

Wir müssen uns klar machen, dass auch diese Täter Probleme mit ihrer Tat haben. Dass auch sie Schuldgefühle empfinden. Dass auch sie versuchen zu vergessen – was ihnen meist nur zeitweise gelingt. Dass sie möglicherweise mit der Situation überfordert waren – und deshalb alles eskalierte. Dass sie in Panik gerieten und ihr Opfer gar nicht töten wollten. Dass sie selbst gar nicht wahr haben wollen und können, was sie getan haben. Weil es nicht zu ihnen passt. Weil sie doch eigentlich nett sind. Wir müssen sehen, dass sie selbst Angst davor haben, „es" könnte wieder passieren. Dass sie auch damit kämpfen, sich zu stellen. Sich irgendwie der Polizei zu zeigen. Weil sie wissen, dass nur dann alles aufhört. Dass auch sie wissen, dass dies der einzige Weg ist, um andere und sich selbst zu schützen.

Erst wenn wir unverkrampfter damit umgehen, können wir mit offenen Augen nach solch einer Tat die Wahrheit dahinter sehen. Denn jeder Täter hat Freunde, Verwandte – und oft genug auch eine Frau. Es sind ganz normal lebende Männer. Aber unverkrampft darüber reden, damit umgehen, wenn ein Kind das Opfer und ein uns Nahestehender der Täter ist? Das ist viel verlangt.

Was bleibt noch?

Die Angehörigen. Wenn ein Täter festgenommen wird, sind sie zuerst geschockt. „Unmöglich, er doch nicht", ist fast schon die stereotype Aussage. Und doch, tief im Innern, wissen die Angehören: Es stimmt. Und sie haben es in vielen Fällen auch vorher bereits geahnt.
Denn die Taten geschehen nicht außerhalb von Raum und Zeit. Und die Angehörigen „stolpern" oft über eine Kleinigkeit. Meistens ist es schlicht und einfach die Tatsache, dass der Mann kein Alibi hat. Dass die Angehörigen keine Antwort auf die Frage haben: Wo war er, als es passierte?
Viel zu häufig reagiert die Bevölkerung mit Unverständnis auf die Angehörigen. „Die müssen doch was gemerkt haben", heißt es dann. Der Satz ist so leicht ausgesprochen. Dabei haben die Angehörigen oft genug bereits quälende Stunden hinter sich. Denn im Unterbewusstsein haben sie tatsächlich bereits etwas wahrgenommen. Zum Beispiel, dass der Mann häufig mit dem Auto unterwegs ist. Dass der Kilometerstand manchmal viel zu sehr nach oben springt. Und dass der Mann vor allem während oder nach Auseinandersetzungen immer verschwindet. Egal, ob es in der Beziehung oder bei der Arbeit ist – er fährt dann erst einmal mit dem Auto durch die Gegend. Oder sie haben gemerkt, dass der Mann bei Konflikten extrem gekränkt reagiert. Sich besonders stark zurückgewiesen fühlt. Und sie machen sich selbst dafür verantwortlich – weil sie zu hart zu ihm waren.
Wenn der Gedanke „er könnte es gewesen sein" zum ersten Mal auftaucht, sind die Angehörigen meist tief betroffen. Es ist ihnen peinlich, dass sie überhaupt solche Gedanken haben. Dass sie ihrem Freund oder Mann solch

eine Tat zutrauen. Denn alleine dieser Gedanke scheint für sie bereits ein extremer Vertrauensbruch. Und: Was sollen sie jetzt tun? Da ist die Angst vor falschen Beschuldigungen. Sollen sie für einen bloßen Verdacht, ganz ohne Beweise, die Beziehung gefährden?

Und so beginnen die Angehörigen auf ihre Art zu ermitteln. Sie wollen sicher sein. Sie suchen Beweise für die Schuld – oder für die Unschuld. Denn dann wären sie den Konflikt auch wieder los. „Er kann es nicht sein", wäre das befreiende Ergebnis.

Für die Ehefrauen und Freundinnen gibt es oft ein ganz einfaches Argument. Er ist doch ein zärtlicher Mann, so liebevoll. Unser Liebesleben ist doch völlig normal. Und wer kleine Mädchen mißbraucht, muss auch sonst beim Sex unnormal sein. Diese Gedanken sind verständlich – aber falsch. So etwas muss sich nicht im Sexualleben oder bei den Sexualpraktiken festmachen. Es kann zwar sein, dass ein Täter auch bei seiner Frau Gewaltphantasien auslebt. Es kann auch sein, dass er seine Frau dazu bringt, eine Kinderrolle zu spielen. Es kann auch sein, dass tatrelevantes Verhalten in der Beziehung nachgespielt wird. Dass der Mann seine Frau gerne fesselt – und seine Opfer ebenfalls. Es kann sein – muss aber nicht!

Aber nicht nur das Sexualleben des möglichen Täters wird von den Angehörigen überprüft. Dabei macht sich bei den Betroffenen ein Gefühl der Unsicherheit breit: „Ich kann es nicht beweisen." Da bereits der Gedanke die intakte Beziehung zu gefährden scheint, baut sich in den Angehörigen auch Widerstand auf. Das Risiko ist viel zu groß, dass er es nicht ist. Manchmal versuchen die Angehörigen sich im Gespräch an das Problem heran zu tasten. Aber sie fragen nicht: „Warst du das?" Denn da kann die Antwort doch nur lauten „so etwas traust du mir zu?"

Und damit hätte man den geliebten Menschen verloren. Also werden andere Fragen gestellt – und die Antworten als Beweis der Unschuld gewertet. Und schließlich nehmen sich die Angehörigen vor, dass sie ab jetzt genauer aufpassen werden.

Manchmal können Angehörige nicht mehr an der Wahrheit vorbei sehen. Weil sie plötzlich ein in den Zeitungen beschriebenes Kleidungsstück des Opfers in ihrer Wohnung finden. Weil ein Blutfleck im Auto ist. Doch auch dann kann man noch die Augen verschliessen. Auch dies als Zufall sehen. Es gibt Angehörige, die können, und andere, die wollen die Wahrheit nicht sehen.

Und wer es doch tut, quält sich mit neuen Fragen. „Was passiert, wenn der Mann ins Gefängnis kommt? Er verdient doch das Geld." Oder: „Was denken die Kinder?" Oder: „Was sagen die Nachbarn?" Und schließlich: „Was wird aus mir?" Und die Angehörigen werden auch von Schuldgefühlen geplagt: „Ich hätte es eher merken müssen." Manchmal können diese Gedanken lähmen. Dabei wissen diese Menschen, dass sie etwas tun können. Denn wenn sie jetzt nicht reagieren, wird es womöglich wieder passieren. Wird noch ein Mädchen missbraucht, vielleicht sterben. Und sie werden immer mit dem Gefühl leben müssen, dass sie es hätten verhindern können. Diese Angehörigen gehen dann zur Polizei. Um andere mögliche Opfer zu schützen. Um den Täter vor weiteren Taten zu bewahren. Und auch, weil sie es ihren eigenen Kindern schuldig sind. Die selbst Opfer eines solchen Täters werden könnten.

Auch der Mann, der Hilal mitnahm, hat Angehörige. Freunde, Verwandte, Arbeitskollegen. Werden auch sie irgendwann sagen: „Er? Unmöglich! Er ist doch so nett."

Oder denken sie bereits darüber nach, ob er es gewesen sein könnte? Ob sie der Polizei einen Tipp geben sollten.

Was bleibt noch?

Die Zeugen. Denn nicht nur die Angehörigen können helfen, das Schicksal von Hilal doch noch aufzuklären. Die Polizei ist überzeugt: Es gibt noch einen Zeugen. Noch einen Menschen, der gesehen hat, wie Hilal verschwand. Und diese Person hat sich bis heute nicht bei den Beamten gemeldet.
Unmöglich? Doch, es ist möglich. Zeugen sehen eine Situation, denken in der Sekunde „da stimmt doch was nicht". Doch in der nächsten Sekunde werden sie wieder abgelenkt. Später erfahren sie, was dort passiert ist. Und melden sich nicht – weil sie sich zum Beispiel Vorwürfe machen: „Ich hätte es verhindern können. Hätte ich doch bloß etwas gemacht." Oder sie denken, dass sie nicht viel gesehen haben. Mit ihrer Aussage den Ermittlern nicht weiter helfen können. Oder sie haben Angst vor Strafe wegen unterlassener Hilfeleistung. Dabei kann es das gar nicht sein. Denn die Zeugen sehen doch scheinbar eine Alltags-Situation und keine Straftat. Sie können also gar keine Hilfe leisten. Trotzdem haben sie auch Angst vor Strafe, weil sie sich nicht sofort bei der Polizei gemeldet haben. Doch die Polizei braucht jeden Zeugen.
Und wenn die ersten Tage vergangen sind, dann kommt die Angst oder das schlechte Gewissen. Weil man sich doch viel früher hätte melden können. Gedanken, die verständlich sind. Aber dennoch falsch. Denn die Polizei ist für jeden Zeugen dankbar. Auch wenn er sich nicht sofort meldet.

Es gibt noch mehr Gründe, warum Zeugen sich nicht melden. Zum Beispiel, weil er oder sie am 27. Januar 1999 nicht in der Nähe der Spreestraße hätte sein dürfen. Also kann es doch nur Ärger geben, wenn man sich bei der Polizei meldet. Oder die Zeugen glauben, sie hätten doch nur eine ganz alltägliche Situation gesehen. Zum Beispiel ein Vater, der sich gerade mit seiner Tochter gestritten hat.

Und wenn man sich meldet, wer weiß, was alles auf einen zu kommt – Polizei, Staatsanwaltschaft, Gericht. Außerdem: Da waren doch noch mehr Menschen. Die haben sich bestimmt alle bei der Polizei gemeldet.

Und so verlässt sich ein Zeuge auf den anderen. Das war auch bei Hilal so. Die Polizei hat erst nach mühseligen Ermittlungen einige wichtige Zeugen ermitteln können. Und doch fehlt noch eine wichtige Aussage. Die auch heute, nach zwei Jahren, genauso wichtig ist. Für die Polizei ist es nie zu spät. Noch Jahre nach einer Tat werden deshalb zum Beispiel bei den TV-Sendungen „Aktenzeichen XY ungelöst" oder „Fahndungsakte" Zeugenaufrufe gesendet.

Und oft genug können dann noch alte Taten aufgeklärt werden. Weil die Zeugen nie vergessen haben, dass sie etwas Wichtiges gesehen haben.

Noch heute hängt in allen Hamburger Polizeistationen das Fahndungsplakat. Noch heute steht die Suchmeldung im Internet. Und immer wieder ist zu lesen, dass die Polizei noch heute Zeugen braucht. Denn noch immer wird seit Mittwoch, dem 27. Januar 1999, gegen 13.30 Uhr aus Hamburg-Lurup die türkische Schülerin

Hilal Ercan

vermisst. Sie trug eine schwarz-grau gemusterte Jacke, schwarze Jeans, einen orangefarbenden Pullover, schwarze Schuhe mit Plateausohlen.
Und auf den Plakaten stehen die alten Fragen. Denn sie sind noch immer nicht endgültig geklärt. Wer hat Hilal am Mittwoch, den 27. Januar 1999 gegen 13.15 Uhr in der unmittelbaren Umgebung der Elbgaupassage in Hamburg-Lurup gesehen? Wer kann etwas zum Verbleib der Kleidung oder der von Hilal mitgeführten Gegenständen, wie ihren Ohrringen und ihren Haarspangen, sagen? Wer kann sich an einen Mann erinnern, der in der Nähe der Elbgaupassage an einem Pkw stand, im Fahrzeug hantierte oder den Eindruck vermittelte, auf jemanden zu warten? Oder wem ist am Mittwoch, den 27. Januar 1999 nach 13.30 Uhr ein abgestellter oder umherfahrender Pkw in einer abgelegenen Gegend des Hamburger Randgebietes aufgefallen? Und noch immer möchte die Polizei mit dem Mann sprechen, der am 3. Februar 1999 bei der Familie Ercan anrief und angab, Informationen über das Verschwinden von Hilal zu haben.

MÄRCHEN UND SAGEN AUS HAMBURG

Gesammelt von Martin Jenssen

moderne *zeiten*